Faut-il avoir peur de la dette ?

Philippine Robert

Faut-il avoir peur de la dette ?

Enquête sur un débat qui déchaîne les passions

éditions du
ROCHER

Éditions du Rocher
28 rue Comte-Félix-Gastaldi – BP 521 – 98015 Monaco

www.editionsdurocher.fr

ISBN : 978-2-268-11221-3
EAN epub : 9782268112367

À Edith, qui n'a peur de rien

Introduction

« La France vit au-dessus de ses moyens ! » Nous sommes le 21 juin 2005, et ce cri d'alarme résonne à Bercy. Épaisse chevelure en bataille et lunettes sur le nez, Thierry Breton fait face à un parterre de journalistes. L'ancien P.-D.G. de France Télécom a pris les rênes du ministère de l'Économie, des Finances et de l'Industrie depuis quelques mois. Le nouveau ministre, ingénieur de formation, s'est forgé dans le passé une réputation de redresseur d'entreprises. Mais ce jour-là, c'est la France qu'il veut sauver. Et pour cela, il désigne un ennemi invisible, tapi dans l'ombre depuis trop longtemps : la dette publique.

« En vingt-cinq ans, le temps d'une génération, nous avons accumulé des déficits considérables, au point que chaque nouveau-né supporte déjà 17 200 euros de dette sur sa tête », martèle-t-il avec gravité. Avant d'asséner un chiffre qui glace l'Assemblée : « Il faut avoir le courage de dire la vérité aux Français. Quasi inexistante au début des années 1980, elle [la dette] va atteindre les

1 100 milliards d'euros à la fin de l'année. [...] En 2006, pour la première fois de notre histoire, l'ensemble de l'impôt sur le revenu sera équivalent à la seule charge de la dette. »

Le ton est donné. Ce discours, qui fait l'effet d'une bombe dans l'opinion publique, marque un tournant. Jusqu'alors, l'endettement croissant de la France préoccupait surtout les économistes et les technocrates. Au mitan des années 2000, bien peu de citoyens s'en soucient. En poussant ce cri d'alerte, Thierry Breton propulse ce sujet technique sur le devant de la scène. Un coup réussi : les médias s'emparent de ses mots, et le débat sur la dette publique s'invite peu à peu dans les foyers des Français.

Mais cet homme d'action ne s'arrête pas là. Dans les jours qui suivent, il décroche son téléphone et passe un coup de fil à Michel Pébereau, le président de BNP Paribas. Discret mais influent, cet ancien inspecteur général des finances est un habitué des arcanes du pouvoir. Après avoir arpenté pendant de nombreuses années les couloirs de Bercy, ce haut fonctionnaire a rejoint le secteur bancaire. Il a notamment mené la privatisation de la Banque nationale de Paris, la première banque française de dépôt dans les années 1990, puis la fusion avec la banque d'affaires internationale Paribas en 2000, pour constituer l'un des établissements les plus lourds d'Europe. Le ministre de l'Économie souhaite lui confier une mission d'envergure : rédiger un rapport pour éclairer les Français sur les origines et les conséquences de la dette.

Il lui demande également de proposer des solutions pour retrouver des marges de manœuvre. Michel Pébereau accepte, mais il pose une condition : s'entourer d'une commission d'experts éclectiques pour accomplir cette tâche.

Le banquier réunit une équipe composée d'une vingtaine d'économistes, de hauts fonctionnaires, d'intellectuels et de personnalités de la société civile, venant de la droite et de la gauche[1]. Cette *dream team* se réunit plusieurs fois par mois dans les salons feutrés du ministère de l'Économie et des Finances. Pendant de nombreuses heures, ils cherchent comment « rompre avec la facilité de la dette publique pour renforcer notre croissance économique et notre cohésion sociale ». Deux jeunes rapporteurs, les inspecteurs des finances Sébastien Proto

1. Les économistes Patrick Artus et Olivier Davanne, le député UDF (Union pour la démocratie française) Christian Blanc, les anciens directeurs généraux du Fonds monétaire international (FMI) et ex-gouverneurs de la Banque de France Michel Camdessus et Jacques de Larosière, le directeur général de l'Institut national de la statistique et des études économiques (INSEE) Jean-Michel Charpin, le chef économiste de l'Organisation de coopération et de développement économiques (OCDE) Jean-Philippe Cotis, le directeur du Budget Pierre-Mathieu Duhamel, le P.-D.G. d'Essilor Xavier Fontanet, les journalistes Jacques Julliard et Françoise Laborde, le professeur au Collège de France Philippe Kourilsky, l'ex-cadre du Parti communiste Philippe Herzog, l'ancien ministre Alain Lambert, le directeur général de l'Organisation mondiale du Commerce (OMC) Pascal Lamy, le P.-D.G. de Michelin Édouard Michelin, l'ancien rapporteur général du Budget et futur président de la Cour des comptes Didier Migaud, le directeur général du Trésor et futur secrétaire général de Nicolas Sarkozy à l'Élysée, Xavier Musca, l'ancienne secrétaire générale de la Confédération française démocratique du travail (CFDT) Nicole Notat et la présidente de l'Association pour le droit à l'initiative économique Maria Nowak.

– qui deviendra par la suite conseiller de Nicolas Sarkozy et participera à la rédaction de son programme pour l'élection présidentielle de 2007 – et Guillaume Sarlat, ont été désignés par Bercy pour rédiger le texte final. Celui-ci doit être rigoureux. Mais pas seulement. « Nous leur avions demandé de faire en sorte que ce rapport soit compréhensible du grand public », se souvient quelques années plus tard Michel Pébereau, dans son bureau du boulevard des Italiens[2], où nous le rencontrons. Le banquier tient, alors, plus que tout à l'objectif pédagogique de sa mission. La version finale du rapport est approuvée à l'unanimité par les membres de la commission, malgré des désaccords en cours de route sur la légitimité de comptabiliser les engagements pour les retraites dans le montant total d'endettement. Cette idée, qui aurait fait encore plus gonfler le montant d'une dette déjà astronomique, est finalement abandonnée. En décembre 2005, les 189 pages de cet opus alarmant sont sur le bureau de Dominique de Villepin à Matignon et de Thierry Breton à Bercy.

Le constat du rapport Pébereau est sans appel : depuis les années 1980, la dette a été multipliée par cinq. Si rien ne change, cette bombe à retardement atteindra les 200 % du produit intérieur brut (PIB)[3] en 2030…

---

2. Philippine ROBERT, « Le roman noir de la dette : de la glissade de Giscard à la cagnotte de Chirac », publié sur *lepoint.fr* le 15 janvier 2024.

3. Le produit intérieur brut (PIB) est un indicateur économique qui mesure la richesse créée dans un pays pendant une période donnée (en général un trimestre ou une année).

Au fil des pages, la commission d'experts explique que cet endettement n'est malheureusement pas le résultat d'investissements pour l'avenir, mais d'une gestion peu rigoureuse des deniers publics, et qu'il limite la capacité d'action du gouvernement pour faire face aux défis de demain. La commission préconise un retour à l'équilibre des finances publiques en cinq ans, et cela en s'appuyant sur trois grands principes : le partage de l'effort de réduction des dépenses entre l'État, la sphère sociale et les collectivités locales ; le maintien du niveau global des prélèvements obligatoires ; et le réexamen intégral de l'efficacité de chaque euro dépensé par la puissance publique.

L'exécutif promet d'agir. Dominique de Villepin, qui a pourtant été irrité par la sortie de Thierry Breton du mois de juin et a présenté à l'automne un budget creusant un peu plus le déficit, annonce une « conférence générale des finances publiques » et jure de présenter un plan pour réduire la dette à 60 % du PIB (contre 66 % en 2005), la limite établie par les règles budgétaires de la zone euro[4]. Mais les promesses resteront lettre morte. La dette

4. Adopté en 1997 pour coordonner les politiques budgétaires des États membres de la zone euro (celles-ci sont demeurées des compétences nationales, tandis que la politique monétaire est passée entre les mains de la Banque centrale européenne) et éviter l'apparition de déficits trop importants, le Pacte de stabilité et de croissance (PSC) a repris les critères établis dans le traité de Maastricht de 1992 pour l'adhésion à l'euro : les États-membres doivent maintenir leur dette sous les 60 % du PIB, et leur déficit ne doit pas passer les 3 % du PIB. Si ce n'est pas le cas, une procédure pour déficit excessif peut être enclenchée et déboucher sur des sanctions (dans la réalité, ces dernières n'ont jamais été appliquées). Suspendu en 2020 pendant la crise du Covid, le PSC a été réformé, assoupli, et est à nouveau appliqué.

reflue à peine en 2006 et 2007. La fin du quinquennat de Jacques Chirac approche, et les réformes nécessaires, trop impopulaires, sont remises à plus tard. À quoi bon provoquer des remous ?

Quelques mois plus tard, lors de la campagne pour l'élection présidentielle de 2007, l'un des candidats fait pourtant de la dette le thème central de son programme. Le centriste François Bayrou n'est alors pas encore Premier ministre, mais seulement président de l'UDF. « J'ai pris l'engagement de ne jamais prendre la parole pendant cette campagne devant une salle, à la radio ou à la télévision, sans dire que nous ne pouvons pas continuer à creuser le déficit de la France et à augmenter la dette de notre pays comme nous le faisons », explique le Béarnais lors d'un déplacement à Poitiers. Pas suffisant pour convaincre les Français, qui élisent alors Nicolas Sarkozy comme président de la République. Mais il obtient une honorable place de troisième, derrière la socialiste Ségolène Royal, en réunissant 18,57 % des suffrages.

Nicolas Sarkozy a bien évidemment lu le rapport Pébereau et il a, lui aussi, promis de faire revenir la France sous le plafond des 60 % – mais a-t-il vraiment le choix face à la pression de nos partenaires européens les plus vertueux qui s'impatientent ? Sans forcément détailler comment… Le nouveau locataire de l'Élysée n'est pas vraiment un adepte de la rigueur budgétaire à tout prix. « Il était persuadé que la bonne stratégie était d'augmenter la croissance plutôt que de réduire les dépenses », nous souffle l'un de ses anciens conseillers. Pour doper l'activité, Nicolas Sarkozy baisse les impôts et fait du "travailler plus pour gagner plus" son mantra, tout en annonçant à nos partenaires européens qu'il faudra attendre un peu avant le retour à l'équilibre. Cette stratégie demande du temps pour porter ses fruits, assure-t-il.

Michel Pébereau arrive tout de même à le convaincre de ne pas rester totalement les bras croisés. En plus d'avoir choisi un Premier ministre incarnant la rigueur, François Fillon – qui proclamera en septembre 2007 : « Je suis à la tête d'un État qui est en situation de faillite » –, le président de la République confie à Éric Woerth, ministre du Budget entre 2007 et 2010, la difficile tâche de lancer la RGPP (Révision générale des politiques publiques)[5] destinée à réduire les dépenses.

La violente crise des *subprimes*[6] venue d'outre-Atlantique stoppe soudainement cette tentative de réforme de l'État inspirée du rapport Pébereau. La récession se répand aux quatre coins du monde. L'économie française

5. La RGPP, ou Révision générale des politiques publiques, est une démarche d'audit et de modernisation de l'action publique mise en place en France en 2007. Son objectif principal était d'améliorer l'efficacité de la dépense et la qualité des services rendus aux citoyens, tout en maîtrisant les finances publiques. Ses successeurs ont été la MAP (Modernisation de l'action publique) pendant le quinquennat de François Hollande, puis le Comité Action Publique 2022 pendant le premier quinquennat d'Emmanuel Macron.

6. La crise des subprimes (2007-2008) est une crise financière mondiale déclenchée par l'effondrement du marché immobilier américain, où des prêts hypothécaires risqués (*subprimes*) ont conduit à des défauts massifs. Cela a provoqué la faillite d'organismes financiers, notamment l'emblématique banque américaine Lehman Brothers, et une récession mondiale.

entre dans cette spirale infernale à partir de 2009. Le déficit s'enfonce à plus de 7 % du produit intérieur brut et la dette bondit à plus de 80 % du PIB. Enterré le rapport Pébereau… Ce coup d'épée dans l'eau ne sera malheureusement pas le dernier.

Une dette qui enfle, des promesses non tenues

Vingt ans après les préconisations du rapport Pébereau, les promesses de mettre de l'ordre dans nos finances publiques se sont accumulées au fil des années… sans jamais être véritablement tenues. Notre dette a continué de gonfler, alimentée par des crises successives et des choix politiques hasardeux, voire inconsidérés. Elle s'est transformée petit à petit en grenade prête à exploser. Nous sommes certes encore loin des 200 % du PIB qu'annonçait le rapport Pébereau. Mais les chiffres sont tout de même vertigineux.

Début 2025, l'endettement de la France atteignait les 114 % du PIB, soit plus de 3 300 milliards d'euros. La situation ne devrait guère s'arranger cette année… Le gouvernement table sur une dette culminant à plus de 116 % du PIB. Un niveau qui nous ferait dépasser le point haut atteint en 2020, en pleine crise du Covid (114,9 %). Autant dire que les 60 % de dette ne sont désormais plus qu'une lointaine utopie ! Nos voisins Allemands sont, quant à eux, proches de ce seuil. En Suède, un pays dont l'État-providence est pourtant souvent pris en exemple, l'endettement dépasse à peine les 30 % …

Les plus insouciants se rassurent en rappelant que d'autres sont bien plus endettés que nous dans la zone euro. Nous ne sommes qu'à la troisième place des mauvais élèves, derrière la Grèce (153,6 %)[7] et l'Italie (135,3 %)[8], deux des États-membres qui ont été violemment secoués par la crise des dettes souveraines au début des années 2010. Mais, contrairement à nous, nos deux voisins du Sud sont plutôt sur la voie de la rémission : ces dernières années, ils ont amorcé une réduction de leur ratio de dette sur PIB.

Au contraire de ses camarades, la France ne cesse, elle, de repousser le moment où elle affrontera véritablement ce problème, laissant son endettement dériver sans contrôle. En 2028, elle devrait franchir la barre des 120 %, selon l'agence de notation Fitch[9]. « Si, compte tenu des dépenses militaires supplémentaires nécessaires, le déficit primaire[10] reste à son niveau de 2024 (environ 4,0 % du PIB), la dette publique pourrait approcher 135 % du PIB en 2030 », note quant à lui le grand spécialiste des finances publiques François Ecalle, fondateur de l'association

---

7. Au quatrième trimestre 2024, selon les chiffres publiés par Eurostat le 22 avril 2025.

8. *Idem*.

9. "Fitch Affirms France at 'AA-' ; Outlook Negative", publié le 14 mars 2024.

10. Le solde primaire désigne la situation budgétaire hors paiement des intérêts sur la dette.

Fipeco (Finances publiques et Économie), ancien de Bercy et de la Cour des comptes, dans une note parue en mars 2024[11]. Et encore faut-il ajouter à cela l'endettement lié à la pressante transition écologique. Abyssal…

Autre record : cette année, la France est devenue le plus gros emprunteur de la zone euro, devant l'Italie[12], avec un programme de financement de plus de 300 milliards d'euros[13], après 285 milliards en 2024. Jusqu'en 2029, le simple remboursement de titres arrivant à échéance pourrait créer automatiquement un besoin de financement de 170 à 230 milliards d'euros chaque année selon les calculs des sénateurs[14]…

Cette addiction à la dette n'est pas nouvelle. Depuis plus de cinquante ans, notre pays n'a pas connu une seule année sans déficit, peu importe la conjoncture économique. Il faut remonter à 1974 pour retrouver notre dernier excédent budgétaire. « Notre pays est toxicomane. Je suis médecin et je sais que tant que les toxicomanes n'ont pas compris la gravité de leur situation, ils ne peuvent pas s'en sortir », nous confiait en mai 2024 Philippe Juvin[15], député Les

11. François ECALLE, « Les risques d'un endettement public hors de contrôle », publié sur *fipeco.fr* le 11 mars 2025.

12. "2025 updated EGB supply outlook", 20 décembre 2024, Natixis.

13. Programme indicatif de financement de l'État pour 2025, publié le 19 décembre 2024 sur le site de l'Agence France Trésor.

14. Projet de loi de finances pour 2025. Le budget de 2025 et son contexte économique et financier, rapport de la Commission des finances du Sénat, version provisoire du 6 novembre 2024.

15. Philippine ROBERT, « Dette : "Nous sommes toxicomanes" », publié sur *lepoint.fr* le 21 mai 2024.

Républicains, lors du lancement d'une « commission d'enquête visant à établir les raisons de la très forte croissance de la dette française depuis l'élection présidentielle de 2017 et ses conséquences sur le pouvoir d'achat des Français » à l'Assemblée nationale. Comme un *junkie*, nous ne survivons en effet que grâce à des injections d'argent magique… Et peu importe le bord politique aux commandes. La gauche et la droite ont chacun à leur manière contribuer à alimenter la machine pendant plusieurs décennies, en augmentant les dépenses, ou en baissant les impôts sans trouver en face suffisamment d'économies, comptant tous sur une croissance miraculeuse pour nous tirer d'affaire.

Mais nous sommes entrés à la fin des années 2000 dans une autre dimension. Depuis la crise des *subprimes* (2007-2008), puis celle des dettes souveraines (2009-2015), la machine semble s'être complètement détraquée et emballée… À l'époque, les États européens s'étaient tellement endettés pour sauver leurs banques et relancer l'activité que l'ensemble de la zone euro a frôlé la catastrophe. Heureusement pour nous, la Banque centrale européenne (BCE) [16] a sorti le bazooka pour sauver l'économie, l'union monétaire et relancer l'activité. Grâce à son intervention, la menace du cercle vicieux de la déflation[17] et de la crise s'est éloignée. Les taux d'intérêt se

16. Une banque centrale est une institution financière qui gère la politique monétaire d'un pays (ou d'une zone économique comme c'est le cas de la BCE).

17. Il s'agit d'une baisse continue et auto-entretenue des prix. Contrairement à ce qu'on pourrait croire, cette situation n'est pas une bonne nouvelle, car elle pèse sur l'activité économique.

sont mis à baisser, baisser, baisser… au point d'atteindre le plancher, voire… de devenir négatifs. L'emprunteur était rémunéré par le prêteur : le monde à l'envers ! Évidemment, le problème de l'endettement semblait ne plus en être un grâce à ce tour de magie. À quoi bon alors prendre des mesures impopulaires ?

Un étrange virus venu de Chine est pourtant venu gripper la machine. Pendant la crise du Covid, le gouvernement a fait, sans doute avec raison, pleuvoir des milliards d'euros pour soutenir une économie mise à l'arrêt. Une situation rendue possible par la suspension des règles budgétaires européennes et par le soutien indirect de la BCE *via* son programme d'achats d'urgence d'actifs[18]. Notre dette, qui était sous la barre des 100 %, s'est dilatée en quelques mois jusqu'à tutoyer les 115 % … Comme si cela ne suffisait pas, un effet secondaire de la pandémie a compliqué un peu plus la situation : un retour surprise de l'inflation, ce phénomène que tout le monde semblait avoir oublié, est venu alimenter notre endettement. L'invasion de l'Ukraine par la Russie a attisé les braises de cette violente hausse des prix. Face à cette menace pour les marges des entreprises et le pouvoir d'achat des ménages, l'exécutif a encore une fois desserré largement les cordons de la Bourse et signé des chèques dispendieux (bouclier tarifaire, indemnité inflation, aides aux entreprises, etc.), alimentant l'idée que l'argent tombait du ciel.

18. Le Pandemic Emergency Purchase Programme, ou PEPP.

Mais les crises n'expliquent pas tout. Emmanuel Macron a été, comme ses prédécesseurs, atteint par la fièvre du mauvais gestionnaire, une étrange maladie qui avait déjà touché ses prédécesseurs et semble se propager entre les murs de l'Élysée. Selon les calculs effectués par le think tank libéral Molinari pour le magazine *Le Point*, le cap des 1 000 milliards de dettes accumulées depuis l'arrivée à l'Élysée de l'ex-banquier d'affaires a été franchi en septembre 2024[19]... Le Picard n'avait pourtant pas mis la question de la dette sous le tapis lors de la campagne présidentielle. Mais, comme Nicolas Sarkozy avant lui, il croyait dur comme fer que la solution résidait dans la croissance. C'était en dopant l'activité, par le biais de réformes structurelles et de l'allègement de la fiscalité (transformation de l'impôt sur la fortune [ISF] en impôt sur la fortune immobilière, suppression de la taxe d'habitation, baisse de l'impôt sur les sociétés, etc.) que la dette se résorberait.

Un pari perdu. Le niveau de la dette est astronomique, la remontée des taux d'intérêt[20] alourdit la charge de la dette (55 milliards d'euros cette année, alors qu'elle était à un peu moins de 26 milliards en 2020), qui deviendra bientôt le premier poste de dépenses de l'État, devant l'Éducation nationale.

19. Philippine Robert, « Dette française : ce jour où le cap des 1 000 milliards a été dépassé », publié sur *lepoint.fr* le 27 mars 2025.

20. Pour combattre l'inflation, la BCE a dû sortir de sa politique ultra-accommodante en remontant ses taux directeurs et en mettant fin aux programmes de rachats de titres de dette publique.

Le déficit public, au lieu de disparaître peu à peu après la fin du « quoi qu'il en coûte » macronien et le reflux de l'inflation, a dérapé en 2023 (5,5 % du PIB, contre 4,9 % prévu en loi de fin de gestion[21]) et 2024 (5, 8 % du PIB, contre 4,4 % en loi de finances initiale[22]). En 2025, nous devrions difficilement arriver à 5,4 % du PIB… Entre la menace géopolitique qui nous contraint à nous réarmer et la guerre commerciale lancée par le président américain Donald Trump, l'équation ressemble à nouveau à une mission impossible pour Bercy.

Ce dérapage incontrôlé n'est pas sans conséquences. En juin 2024, la Commission européenne nous a placés à nouveau en procédure pour déficit excessif (PDE)[23], alors que nous en étions sortis en 2018. Une procédure mise en suspens en juin dernier, mais qui plane toujours au-dessus de l'Hexagone. Bruxelles n'est pas la seule à s'affoler. Du printemps 2023 jusqu'en décembre 2024,

21. Texte qui présente les ajustements de crédits indispensables à la gestion de la fin de l'année.

22. Texte qui prévoit et autorise le budget de l'État.

23. « La procédure concernant les déficits excessifs (PDE) vise à ce que les pays de l'Union européenne (UE) corrigent leurs niveaux de déficit ou de dette excessifs. La Commission européenne peut lancer une PDE contre tout pays de l'UE qui ne respecte pas le pacte de stabilité et de croissance (PSC) […]. La PDE prévoit que le pays concerné fournisse un plan des mesures et des politiques correctives envisagées, ainsi qu'un calendrier relatif à leur réalisation. Les pays de la zone euro qui ne suivent pas les recommandations formulées sont passibles d'une amende » (source : https://eur-lex.europa.eu/).

les trois principales agences de notation[24] (S&P, Moody's et Fitch), ont toutes baissé la note de la France d'un cran…

Peut-être aurions-nous pu dormir sur nos deux oreilles pendant encore quelques années, sans trop nous inquiéter de notre endettement croissant. Mais une décision folle nous a rapprochés un peu plus du bord du gouffre, en ajoutant à nos travers économiques une instabilité économique inédite sous la Ve République… Cette décision, c'est celle prise par Emmanuel Macron le 9 juin 2024, juste après la claque des élections européennes. De l'Élysée, le président prend ce jour-là la parole. Derrière lui, les arbres du jardin du palais présidentiel dessinent un tableau bucolique qui contraste avec l'air grave du chef de l'État. « J'ai décidé de vous redonner le choix de notre avenir parlementaire par le vote. Je dissous donc ce soir l'Assemblée nationale », annonce-t-il, surprenant jusque dans son propre camp. Des mots qui laissent la France sous le choc… et qui suspendent la préparation du budget 2025.

L'effet est immédiat : en quelques jours, le *spread*, c'est-à-dire l'écart de rendement entre les obligations françaises et allemandes à long terme, bondit d'environ 50 points de base à 80. Un pic depuis les pires heures de la crise des dettes souveraines au début des années 2010. Cet indicateur peut paraître abscons pour ceux qui ne suivent pas avec assiduité l'actualité des marchés financiers. Pour

---

24. Ces organismes sont chargés d'évaluer la capacité de remboursement des emprunteurs (État, entreprises ou collectivités locales).

simplifier, il indique le degré de confiance des investisseurs dans la capacité à rembourser d'un pays. Dans la zone euro, l'Allemagne est considéré comme le pays de référence : plus le taux d'un pays voisin s'écarte de celui du *Bund*, moins les marchés ont confiance…

L'instabilité politique et l'incapacité de notre pays à se doter d'un budget avant le 31 décembre 2024 ont contribué à entretenir la défiance. Au point que le taux d'intérêt des OAT (obligations assimilables du Trésor) à dix ans a dépassé au fil des mois celui des titres de créance portugais et espagnols, deux pays qui ont pourtant été pendant longtemps considérés comme les mauvais élèves de la zone euro, et a rejoint celui de la Grèce, un État au bord de la faillite dix ans auparavant… Au printemps, les taux d'intérêt français ont continué à s'envoler, emportés par l'annonce allemande de levée de leur frein à l'endettement pour augmenter leurs dépenses militaires.

Les deux derniers Premiers ministres, Michel Barnier[25] et François Bayrou[26], ont certes érigé la dette en dossier prioritaire dès leur arrivée à Matignon. « La véritable épée de Damoclès, c'est notre dette financière colossale de 3 228 milliards d'euros qui, si l'on n'y prend garde, placera notre pays au bord du précipice »,

25. Premier ministre du 5 septembre au 13 décembre 2024.

26. Premier ministre depuis le 13 décembre 2024 au moment où nous écrivions ces lignes. Mais la fragilité de la situation politique aura peut-être débouché sur un changement de locataire à Matignon…

a martelé le premier lors de son discours de politique générale le 1er octobre 2024. Lors de la passation de pouvoir entre les deux hommes, le 13 décembre 2024, François Bayrou – qui, par une ironie de l'histoire, sera peut-être le Premier ministre qui affrontera une crise de la dette hexagonale alors qu'il alerte sur ses méfaits depuis presque vingt ans – s'est quant à lui lancé dans une véritable déclaration de guerre contre son ennemi : « Je crois que cette question-là, déficit et dette, c'est une question qui pose un problème moral, pas un problème financier seulement. [...] Je pense que nous avons le devoir [...] d'affronter les yeux ouverts, sans timidité, la situation. » En avril dernier, il s'est même livré à un exercice de pédagogie à grands coups de graphiques pour convaincre les Français de l'urgence de la situation.

Les deux locataires de Matignon ont essayé tant bien que mal de bricoler un budget pour 2025 et une trajectoire pour les prochaines années... Mais, sans majorité, dans un pays qui n'est prêt à aucun sacrifice pour redresser ses finances publiques, ces bouts de sparadraps sont insuffisants pour réellement régler le problème. Surtout, comment faire alors pour financer l'incontournable transition énergétique, investir suffisamment dans le virage technologique ou financer un « effort de guerre » au moment où le conflit entre l'Ukraine et la Russie bat son plein à nos portes ? Nos mauvais choix du passé nous ont-ils lié les mains et nous empêchent-ils de préparer notre avenir ?

Faut-il s'inquiéter ?

Les chiffres donnent le vertige et l'accumulation de mauvaises nouvelles dessine un horizon bien sombre. Mais sommes-nous vraiment plus proches du précipice aujourd'hui que nous ne l'étions hier ? Depuis le rapport Pébereau, ils ont été si nombreux à crier au loup, à tirer le signal d'alarme d'un endettement excessif et dangereux qui pourrait nous conduire à une crise… Faut-il vraiment croire en cette menace fantôme qui plane au-dessus de nous mais ne s'est jamais matérialisée ?

Les plus optimistes se rassurent en rappelant que la France s'en sort sans encombre depuis des décennies. La dernière banqueroute de l'Hexagone remonte en effet à 1797, lorsque Dominique Ramel, le ministre des Finances du Directoire, fit voter une loi annulant les deux tiers de la dette publique après plusieurs années de profonde crise des finances publiques. « J'efface les conséquences des erreurs du passé pour donner à l'État les moyens de son avenir », déclara-t-il alors. Depuis, nous avons toujours honoré nos engagements.

Pour les plus pessimistes, nous approcherions pourtant à grands pas de la faillite. Pour eux, la dette est une menace imminente et un fardeau insoutenable qui pèse sur les générations futures. D'autres pensent au contraire que la dette française est encore largement soutenable, et qu'il s'agit d'un outil économique dont nous ne pouvons nous passer aujourd'hui, pour financer l'avenir et surmonter les crises. Et dans le pire des scénarios, la Banque centrale européenne interviendra de toute façon pour nous sauver, jurent-ils.

Un ouvrage pour comprendre et débattre

À l'heure où le gouvernement et les parlementaires vont à nouveau se plonger dans le chaudron bouillonnant du projet de loi de finances (PLF) et du projet de loi de financement de la Sécurité sociale (PLFSS) pour 2026, à quel point faut-il s'inquiéter de la situation ? La dette est-elle un mal nécessaire, une bombe à retardement ou un simple levier économique parmi d'autres ? Risquons-nous aussi de connaître une crise de la dette, comme l'ont vécu nos voisins grecs, espagnols et portugais au début des années 2010 ? Quel est l'impact de notre endettement croissant sur les services publics et le pouvoir d'achat ? *Quid* des générations futures ?

La question divise le paysage politique et les experts… Car, rappelons-le, l'économie n'est pas une science exacte : il existe certes des modèles qui s'efforcent de comprendre au mieux le fonctionnement de notre monde, mais il n'existe pas de lois universelles. Libéraux, marxistes ou keynésiens n'ont pas la même approche de la dette. Pourquoi sommes-nous autant endettés ? Est-ce vraiment une mauvaise chose ? Comment se désendetter ? Peut-on annuler la dette ou refuser de la rembourser ? Nous verrons au fil des chapitres que les économistes sont loin d'être d'accord sur ces questions pourtant fondamentales.

Il n'est donc pas étonnant que le sujet de la dette plonge dans la perplexité une majorité de citoyens qui ne maîtrisent pas forcément les tenants et les aboutissants de ce débat. Celui-ci est pourtant essentiel, car il éclaire nos choix budgétaires passés et détermine ceux à venir. C'est pour répondre à leurs interrogations face à cette atmosphère anxiogène que cet ouvrage a été écrit. Il ne s'agit pas d'une boule de cristal qui prédira ou non une crise de la dette à venir. Mais d'une analyse des différents rouages de ce phénomène et des lignes de fracture qui traversent aujourd'hui le monde politique et économique sur ce sujet.

Difficile, bien sûr, d'atteindre une totale objectivité. Aujourd'hui, la situation est tellement préoccupante que certains économistes qui préconisaient hier de s'endetter appellent aujourd'hui à une maîtrise de nos finances publiques. La parole sera tout de même laissée à ceux qui pensent que la dette n'est pas un problème, et toutes les solutions seront explorées. Une fois ce livre refermé, nous espérons que chaque lecteur aura davantage de clés de compréhension pour décrypter les mécanismes et enjeux de l'endettement, les discours politiques, et aura un peu moins peur de se frotter à cette aride matière qu'est l'économie. Bienvenue dans ce voyage au cœur de la dette.

1

Mais au fait, la dette, c'est quoi ?

C'est un panneau d'affichage discret, presque banal qui trône sur la façade ouest de la Bank of America Tower, à New York. Pas plus grand qu'une pancarte publicitaire, il attire pourtant tous les regards. Sur un fond composé de dollars, les mots « *our national debt* » s'étalent en lettres capitales, tandis qu'au-dessous, des chiffres défilent à toute vitesse, comme s'ils échappaient à tout contrôle. Cette étrange installation n'est pas un mystérieux *happening* d'artistes contemporains. Il s'agit du premier compteur de dette publique au monde[1], installé en 1989 par le promoteur immobilier américain Seymour Durst, « pour attirer l'attention sur l'augmentation de la dette et la part de chaque famille dans

1. Son emplacement a changé à plusieurs reprises, et a même été remis à zéro.

celle-ci[2] ». S'il était lui préoccupé par le sujet, ce n'est apparemment pas le cas des gouvernants. Vingt ans plus tard, une case a dû être ajoutée sur la *national debt clock* pour pouvoir afficher une dette à quatorze chiffres !

À chaque sujet du journal télévisé évoquant l'endettement croissant des États-Unis, c'est cette image qui s'affiche en gros plan. Certains, comme nos voisins allemands, pour qui la rigueur budgétaire est presque une religion, ont repris l'idée. Dans l'Hexagone en revanche, point de compteur de dette sur les gratte-ciel de La Défense. Mais une *Horloge de la dette publique*[3] a été mise en ligne en avril 2024 par un mystérieux « lanceur d'alerte » qui préfère rester anonyme. Son but ? Informer un grand public, souvent ignorant des questions économiques, sur ce qu'il considère être le « sujet majeur des prochaines années », nous souffle-t-il au téléphone.

Une abstraction difficile à saisir

La dette publique. Deux mots qui évoquent des milliards, des pourcentages, des courbes ascendantes. Mais pour beaucoup de nos concitoyens, le concept demeure flou, presque irréel. « Cela n'a pas toujours été le cas : auparavant les Français pouvaient détenir directement et physiquement de la dette d'État, ce qui rendait la dette plus concrète. Mais, depuis les années 1980, celle-ci

---

2. https://www.durst.org/

3. https://horloge-de-la-dette-publique.com/

a été petit à petit entièrement dématérialisée », raconte Laure Quennouëlle-Corre, directrice de recherche au CNRS, spécialiste d'histoire économique et financière, et auteure du *Déni de la dette, une histoire française*[4].

Comment savoir si la dette est réellement une menace si l'on ne comprend pas bien ce qui se cache derrière ? Il y a bien sûr ces graphiques, s'affichant derrière le présentateur du journal télévisé, où l'on voit une courbe s'envoler. À chaque fois que nous franchissons un palier, c'est un événement médiatique (plus qu'une rupture économique) : 1 000 milliards d'euros en 2003, 2 000 milliards en 2014, 3 000 milliards en 2023… Des chiffres tellement astronomiques qu'ils semblent appartenir à une autre dimension. Mais que signifient-ils ? À l'échelle d'un pays est-ce vraiment si décisif ? Les Japonais vivent bien avec un endettement d'environ 250 % du PIB… Alors pourquoi la France devrait-elle s'inquiéter avec une dette d'à peine 114 % du PIB ? L'endettement d'un État, est-ce la même chose que celle d'un ménage ou d'une entreprise ? Doit-il, lui, gérer ses finances en « bon père de famille », comme certains le proclament ? Ou la dette publique est-elle un faux problème, un complot visant à mettre en place des politiques d'austérité ? Pour répondre à ces questions, il est important de comprendre ce qu'est réellement la dette publique, comment elle est mesurée, et pourquoi les États s'endettent.

---

4. Flammarion, 2024.

Qu'est-ce que la dette publique ?

Étymologiquement, le mot « dette » vient du latin *debitum*, qui signifie « chose due ». En économie, il s'agit d'une somme d'argent prêtée par un créancier à un débiteur, qui devra rembourser, avec des intérêts. Mais la dette dépasse largement le cadre économique. Anthropologues, philosophes et sociologues s'y sont intéressés, car elle touche à des notions fondamentales dans nos sociétés humaines : la confiance, l'obligation, et même la morale.

Côté positif, la dette peut être perçue comme un acte de confiance entre le débiteur et le créancier. « Confiance dans l'avenir du projet, confiance dans la capacité à rembourser. En ce sens, la dette révèle un certain optimisme », écrit l'économiste Bertrand Blancheton[5]. Mais cette confiance peut s'évaporer. L'endettement implique une obligation de remboursement. Le non-respect de celle-ci détruit la relation de confiance entre celui qui emprunte et celui qui prête, rompant ainsi un contrat moral implicite entre débiteur et créancier.

Au fil des siècles, ce sont parfois les débiteurs qui ont été pointés du doigt, parfois les créanciers. Dans la culture chrétienne, les deux sont tout aussi mal vus. Dans la langue allemande, le mot *Schuld* signifie d'ailleurs

---

5. Bertrand BLANCHETON, « Le haut niveau de dette des ménages et des entreprises en France », in « La dette jusqu'où ? », *Cahiers français nº 442*, La Documentation française, 2024.

à la fois « dette » et « faute ». Une ambiguïté qui alimente les discours les plus virulents contre la dette publique. Elle nourrit en effet l'idée que s'endetter relève d'une forme de transgression morale, et que le remboursement s'impose comme une nécessité éthique, une responsabilité individuelle et collective.

À l'autre bout du spectre idéologique, la dette est perçue par d'autres, notamment par la gauche radicale, comme un outil de domination au service des plus puissants. Dans son best-seller *Dette : 5 000 ans d'histoire*[6], paru en 2011, juste après la crise des *subprimes*, ces crédits à haut risque qui ont fait voler en éclats l'économie mondiale, l'anthropologue américain David Graeber, figure de proue du mouvement Occupy Wall Street[7] et qui se définit comme « anarchiste », explique que la dette est au fondement des rapports sociaux, et des relations de pouvoir. Selon lui, loin d'être un simple outil économique, la dette légitime l'assujettissement des plus faibles par les plus forts. Graeber retrace ainsi l'histoire de la dette comme une succession de mécanismes d'asservissement, et plaide pour l'annulation des dettes, qu'il considère comme un acte de justice.

Cette différence de vision n'est pas anodine : elle infuse les discours politiques. « Cette question-là, déficit

6. Les liens qui libèrent, 2013.

7. Occupy Wall Street est un mouvement de protestation sociale et politique d'extrême gauche qui a émergé aux États-Unis en 2011 pour dénoncer les dérives du capitalisme financier et exiger plus de justice sociale.

et dette, c'est une question qui pose un problème moral », a ainsi déclaré François Bayrou lorsqu'il a pris ses fonctions de Premier ministre, le 13 décembre 2024. De l'autre côté de l'échiquier politique, Jean-Luc Mélenchon fustige l' « épouvantail de la dette[8] », qui serait selon lui agité pour justifier la mise en place de politiques d'austérité, et propose d'en annuler une partie.

Mais revenons à notre définition. Lorsqu'on y accole le terme « publique », la dette désigne alors l'ensemble des emprunts que les administrations publiques ont contracté et qu'elles n'ont pas encore remboursés. Il s'agit d'une photographie à un instant donné de ce qu'elles doivent à leurs créanciers (dont nous parlerons plus en détail au chapitre 2).

Une histoire ancienne

Si la dette personnelle existe depuis la nuit des temps – ce sont les Mésopotamiens qui auraient inventé le prêt à intérêt –, les historiens considèrent que les premiers véritables phénomènes d'endettement souverain trouvent leurs origines dans les cités-États italiennes (Venise, Florence ou Gênes) au XIVe siècle. « Le besoin de payer des mercenaires pour les conflits incessants entre les cités, et la présence de marchands riches, disposant de réseaux bancaires tentaculaires, incitaient à user de cette commodité financière.

8. Jean-Luc Mélenchon, « Faire tomber le mur de la dette », https://melenchon.fr/2022/06/10/faire-tomber-le-mur-de-la-dette/

Le procédé, assorti d'une certaine confusion entre les deniers publics et les deniers des grandes familles, avait le mérite de fournir aux marchands (florentins et autres…) une excellente occasion de s'enrichir davantage, comme à tous les créanciers. Il avait l'inconvénient d'alimenter des rivalités meurtrières entre factions et des troubles sévères », écrit l'historien Gérard Béaur[9].

En France, c'est le roi Saint Louis (1214-1270) qui est, selon les mots de l'historien Jacques Le Goff, le « premier roi de l'endettement[10] ». Ses successeurs ont suivi l'exemple, bien souvent pour financer leurs guerres. Ils n'hésitaient pas à régulièrement effacer l'ardoise, laissant leurs créanciers sur la paille. Résultat, la monarchie devait supporter des taux d'intérêt beaucoup plus élevés que ceux de nos voisins d'outre-Manche, qui eux bénéficiaient de la confiance des créanciers. L'immense dette contractée par la monarchie a d'ailleurs été l'une des raisons de la Révolution française de 1789. Les États généraux ont en effet été convoqués pour résoudre cette grave crise des finances publiques (le remboursement de la dette absorbait la moitié du budget de la monarchie[11]). L'État français a continué à s'endetter tout au long du XIXe et du XXe siècle, avec des fluctuations.

9. Gérard Béaur, « Le long passé de la dette publique », publié sur *lemonde.fr* le 13 août 2011.

10. Jacques Le Goff, *Saint Louis,* Gallimard, 1996.

11. Gérard Béaur, « Le long passé de la dette publique », art. cit.

Aujourd'hui, la dette publique n'est évidemment plus celle du roi, mais celle des « administrations publiques » (APU), un terme qui regroupe trois grandes catégories d'acteurs :

– Les administrations centrales (APUC) : cette expression englobe l'État et les « organismes divers d'administration centrale (ODAC) [12] ». Derrière ce terme, se cachent par exemple le Centre national de la recherche scientifique (CNRS), Météo France, les parcs nationaux, l'Institut national de la santé et de la recherche médicale (Inserm), les théâtres et musées nationaux, ou encore les universités et grandes écoles publiques. Mais la dette des ODAC est surtout composée d'une partie de celle de SNCF Réseau[13], la plupart des autres n'ayant pas le droit de s'endetter[14].

– Les administrations de sécurité sociale (ASSO), c'est-à-dire les hôpitaux, les régimes de Sécurité sociale, de retraites complémentaires (Agirc-Arrco) ou encore l'assurance chômage. La dette sociale est portée en particulier par deux organismes : la Cades (Caisse

12. Selon l'INSEE, « les organismes divers d'administration centrale (ODAC) regroupent des organismes auxquels l'État a donné une compétence fonctionnelle spécialisée au niveau national. Contrôlés et financés majoritairement par l'État, ces organismes ont une activité principalement non marchande ».

13. SNCF Réseau est le gestionnaire d'infrastructure ferroviaire français.

14. « Le montant et l'évolution de la dette publique », *fipeco.fr* (actualisé le 4 juin 2024).

d'amortissement de la dette sociale[15]), « la voiture-balai des déficits chroniques de la Sécurité sociale » comme nous l'a un jour défini l'ancien ministre de l'Économie et des Finances (1995-1997) Jean Arthuis, et l'Acoss[16] (Agence centrale des organismes de Sécurité sociale).

– Les administrations publiques locales (APUL) : ce sont principalement des collectivités locales (les communes, les départements, les régions), mais aussi des intercommunalités ou des organismes locaux.

Selon les données de l'Insee, l'État représente la part la plus importante de la dette publique : environ 85 % du total, en comptant les ODAC. La part de la Sécurité sociale s'élève à presque 7 % du total et celles des collectivités locales à un peu plus de 8 %.

Une répartition contestée par certains, car il existe des jeux de tuyauterie entre ces trois acteurs qui ne favorisent pas la transparence des comptes. L'État

15. « La Caisse d'amortissement de la dette sociale (Cades) a été créée par l'ordonnance n° 96-50 du 24 janvier 1996. Celle-ci a été modifiée à plusieurs reprises. La Cades est indissociable des efforts de rééquilibrage des comptes de la Sécurité sociale. Sa mission est de financer et d'éteindre la dette cumulée de la Sécurité sociale » (source : Cades).

16. « L'Acoss est la caisse nationale des Urssaf. Elle gère la trésorerie de chacune des quatre branches de la Sécurité sociale pour leur permettre de fonctionner au quotidien : Maladie, Famille, Vieillesse, Accidents du travail – maladies professionnelles. Dans le cadre du financement du régime général, les missions de l'Acoss et du réseau des Urssaf permettent donc, notamment, de financer la prise en charge ou le remboursement des soins médicaux, d'indemnités en cas d'arrêt maladie, de congé maternité ou d'accidents du travail, ainsi que le paiement des retraites de base et des allocations familiales des bénéficiaires du régime général de la Sécurité sociale » (source : urssaf.org).

subventionne par exemple une grande partie des retraites de ses fonctionnaires en surcotisant, un déficit qui n'est donc pas comptabilisé dans celui des régimes de retraite. « On déshabille Pierre (l'État) pour habiller Paul (les retraites) ! » explique Charles Dennery, économiste et auteur de *Réformer (vraiment) les retraites*[17]. « L'État s'endette pour donner l'impression que les retraites… ne sont pas en déficit[18] ! »

Certains économistes pointent du doigt le fait que l'Unédic[19], dont la dette avoisine les 60 milliards, assure le financement de certaines dépenses qui devraient être prises en charge par l'État, comme le statut des intermittents du spectacle par exemple, car il s'agit d'une politique culturelle[20]. Autre jeu de tuyauterie : les collectivités locales fonctionnent en partie grâce à une ressource en provenance de l'État, la dotation globale de fonctionnement (DGF). Mais elles peuvent supporter *a contrario* des coûts fixes décidés par l'État (par exemple le financement du RSA, revenu de solidarité

17. PUF, 2024.

18. Philippine Robert, « Déficit des retraites : la bataille des chiffres », publié sur *lepoint.fr* le 18 février 2025.

19. L'Unédic gère l'assurance chômage.

20. Bruno Coquet, « Quelle trajectoire financière pour l'assurance chômage ? », publié le 11 septembre 2023 sur le site de l'OFCE (Observatoire français des conjonctures économiques).

active[21]) par les départements. Ce débat ne change rien au montant total de la dette, mais il a tout de même des implications pratiques quand vient le moment de s'interroger sur les éventuelles économies à trouver pour résorber la dette.

Les emprunts des ménages et des entreprises ne sont donc pas comptabilisés dans la dette publique. L'endettement des ménages s'élève à 62,4 % du PIB, et celui des sociétés non financières[22] à 77,5 % du PIB. Depuis le début des années 2000, cette dette des agents non financiers privés est plutôt en augmentation, et notre taux d'endettement se situe au-dessus de la moyenne de la zone euro et du Royaume-Uni, mais en dessous de celle des États-Unis ou du Japon. Si les dettes privées ne sont pas comptées dans l'endettement public, il existe bien entendu des interconnexions. Par exemple, quand les taux d'intérêt de l'État augmentent sur les marchés, c'est également le cas des taux des crédits immobiliers ou à la consommation des ménages, ou des taux des emprunts des entreprises. Une crise de la dette touchant un acteur économique peut également se transmettre à un autre, comme nous l'avons vu lors

21. Le revenu de solidarité active (RSA) assure aux personnes sans ressources un niveau minimum de revenu qui varie selon la composition du foyer. Le RSA est ouvert, sous certaines conditions, aux personnes d'au moins 25 ans et aux jeunes actifs de 18 à 24 ans s'ils sont parents isolés ou justifient d'une certaine durée d'activité professionnelle (source : service-public.fr).

22. Sont exclues de cette définition les entreprises individuelles et celles du secteur financier.

de la crise des *subprimes*, dont l'origine se situe dans un excès d'endettement des particuliers américains. Un cataclysme outre-Atlantique qui a conduit à une crise de la dette publique des États de la zone euro…

Il existe des ressemblances, mais aussi des différences fondamentales entre dette publique et privée. Administrations publiques, ménages et entreprises empruntent tous pour couvrir un déficit ou investir, et ils paient des intérêts sur leurs emprunts. Mais la capacité d'endettement d'un État est bien supérieure, sa durée de vie étant supposée très longue, et il a le pouvoir coercitif de lever des impôts pour rembourser ses emprunts… voire d'utiliser la planche à billets. Il s'agit du financement des déficits des États par la création monétaire des banques centrales. Une pratique interdite dans la zone euro, comme nous le détaillerons dans un prochain chapitre.

Autre expression utilisée dans le débat, la dette extérieure est composée des emprunts contractés par les administrations publiques, mais aussi des ménages et des entreprises, auprès de prêteurs étrangers. Autres notions à ne pas confondre, le déficit budgétaire (dépenses publiques supérieures aux recettes fiscales) et le déficit extérieur (importations supérieures aux exportations). Ces deux déficits sont souvent liés : un déficit budgétaire important peut accroître la demande intérieure, favorisant les importations et aggravant le déficit extérieur. Ce cercle vicieux, que l'on nomme « déficits jumeaux » peut fragiliser l'économie en augmentant la dépendance aux financements étrangers, rendant le pays plus vulnérable aux chocs économiques.

Comment mesure-t-on la dette publique ?

Maintenant que nous savons qui est l'emprunteur lorsque l'on utilise le terme de « dette publique » (l'État et ses opérateurs, la Sécurité sociale ou les collectivités locales), intéressons-nous à la mesure de cet indicateur économique. La dette peut être exprimée en valeur absolue, c'est-à-dire en milliards d'euros pour celle des pays de la zone euro (ou en dollars pour la dette américaine, en yens pour la dette japonaise, etc.). Début 2025, la dette française atteignait ainsi plus de 3 300 milliards d'euros. Mais ce chiffre, bien que spectaculaire, et qui a apparemment l'avantage de la simplicité, se heurte à un écueil. 3 300 milliards d'euros de dette pour la France, ce n'est pas la même chose que pour un pays comme les États-Unis ou la Birmanie !

Pour comparer la situation de différents pays, indépendamment de la taille de leurs économies, les économistes rapportent généralement la dette au produit intérieur brut, c'est-à-dire toute la richesse produite par un pays en une année, pour obtenir un ratio dette/PIB. Prenons un exemple simple : si un pays a une dette de 1 000 milliards d'euros et un PIB de 1 000 milliards d'euros, alors son ratio dette/PIB sera de 100 %. En France, la dette s'élève à 114 % du PIB : il faudrait donc plus d'un an de production nationale pour rembourser l'intégralité de notre dette publique. Il s'agit bien évidemment d'une situation théorique, car l'État français fait aujourd'hui « rouler sa dette ». Contrairement à un ménage, il n'a en effet pas besoin de rembourser le principal. Son horizon de vie étant *a priori* infini, il peut se permettre d'émettre de nouveaux emprunts pour rembourser les anciens. L'indicateur dette/PIB est également parfois critiqué car il mélange un stock (la dette) avec un flux (le produit intérieur brut). Certains estiment qu'il est plus utile de regarder le ratio charge d'intérêt sur PIB (car il s'agit de deux flux), qui s'est établi l'an dernier à 2 %. Il pourrait atteindre les 3 % en 2029[23]. Pendant longtemps, le ratio dette/PIB a pu être utilisé seul comme un indicateur de soutenabilité de la dette publique, mais il ne suffit pas pour prendre correctement la température, comme nous le verrons dans les chapitres suivants. Il est par contre utile pour faire des comparaisons et prendre conscience de l'ampleur de l'endettement…

Jusqu'à un certain point. Car tous les États ne mesurent pas leur dette de la même façon. Dans la zone euro, le traité de Maastricht a établi des critères méthodologiques harmonisés qui permettent de comparer les États de l'Union européenne entre eux. Mais d'autres pays calculent différemment leur dette. Aux États-Unis par exemple, les engagements au titre des pensions des

23. Rapport sur la dette des administrations publiques, PLF 2025.

fonctionnaires (c'est-à-dire les promesses de retraite pour les agents publics) sont comptabilisés, ce qui n'est pas le cas en France. Si l'on en tenait compte, la dette hexagonale serait plus élevée. Selon les calculs de l'Institut Molinari, un think tank libéral, elle représenterait alors 166 % du PIB. « Autre différence avec la dette américaine : celle de Maastricht est exprimée en "valeur faciale" et non en valeur de marché, qui varie en fonction des taux d'intérêt », explique François Ecalle, le président de l'association Fipeco. Elle est aussi consolidée, ce qui signifie qu'elle exclut les dettes que les différentes administrations publiques ont contractées entre elles.

Si la dette au sens de Maastricht est celle qui est la plus fréquemment utilisée, certains économistes trouvent qu'il n'est pas pertinent de se focaliser sur cette mesure, car il s'agit d'une mesure « brute », qui ne tient pas compte des actifs (par exemple les placements financiers ou les participations dans des entreprises) détenus par les administrations publiques. Selon eux, il vaudrait mieux analyser la dette « nette » (dont on retire certains actifs financiers), car elle donnerait une meilleure image de la situation financière du pays. Selon l'Insee, la dette nette des administrations publiques s'élevait à un peu plus de 3 000 milliards d'euros fin 2024, soit 104,7 % du PIB. Autre option : mettre en regard de la dette la situation patrimoniale des administrations publiques, qui englobe les actifs financiers qu'elles détiennent, mais aussi les terrains, les infrastructures, les bâtiments. La valeur nette du patrimoine des administrations publiques, différence entre le total de leurs actifs et le total de leurs passifs, s'élevait ainsi à 735 milliards d'euros, soit 26,1 % du PIB, à la fin de 2023.

Pourquoi les États s'endettent-ils ?

L'État, la Sécurité sociale et les collectivités locales contractent donc des emprunts… Mais pour quelles raisons ? Pour faciliter la compréhension, nous allons d'abord nous concentrer sur les deux premières entités, car les collectivités territoriales fonctionnent un peu différemment.

Comme les ménages qui reçoivent un salaire ou touchent des revenus de leur patrimoine, l'État a lui aussi des ressources. Il s'agit principalement des prélèvements obligatoires, c'est-à-dire des impôts et des taxes[24] (TVA, impôt sur le revenu, impôt sur les sociétés, etc.), mais aussi des dividendes versés par les entreprises publiques ou des amendes. *Idem* pour la Sécurité sociale, dont les recettes proviennent principalement des cotisations sociales, mais aussi de ressources fiscales[25] ou de contributions publiques. En face de ces ressources, l'État et la Sécu ont des dépenses. Beaucoup de dépenses. Il faut

---

24. La TVA (taxe sur la valeur ajoutée) représente la première recette du budget de l'État, à hauteur de 189,9 milliards d'euros selon le projet de loi de finances 2025.

25. Principalement la CSG (Contribution sociale généralisée) et la CRDS (Contribution pour le remboursement de la dette sociale).

par exemple rémunérer les professeurs, les contrôleurs fiscaux et les urgentistes, rembourser les médicaments, du Doliprane au traitement anti-cancer à la pointe de l'innovation, financer des aides publiques pour les ménages (comme l'aide au logement) ou les entreprises (le crédit d'impôt recherche), construire des ponts, régler les pensions des retraités ou les allocations-chômage des demandeurs d'emploi…

Or, il arrive (bien trop) souvent que les dépenses dépassent les recettes, qu'il s'agisse d'un choix politique – augmenter les dépenses sans accroître les recettes ou baisser les impôts sans diminuer les dépenses – ou du résultat d'un choc économique – en cas de récession, les recettes baissent automatiquement et les dépenses, notamment sociales, comme l'indemnisation des chômeurs par exemple, ont tendance à augmenter. Dans ces cas-là, un trou apparaît. Les économistes ont d'ailleurs parfois tendance à différencier le solde conjoncturel, qui tient compte des soubresauts économiques, et le solde structurel, qui est corrigé de cette composante.

Bien souvent, les non-initiés au jargon des finances publiques confondent la notion de déficit avec celle de dette. Les deux concepts sont liés, mais intrinsèquement différents. Le déficit est le résultat annuel d'un déséquilibre entre dépenses publiques et recettes. Chaque année, un budget est voté par le Parlement, en général en décembre, à travers deux textes : la loi de finances et la loi de financement de la Sécurité sociale. Il est possible de modifier le budget en cours d'année grâce à une loi de finances rectificative. Lorsque le solde budgétaire est négatif (il y a alors plus de dépenses que de recettes), on parle de déficit. Lorsqu'il est positif (il y a plus de recettes que de dépenses), il s'agit alors d'un excédent. Techniquement, les économistes disent que le déficit est un « flux », tandis que la dette est un « stock ». Celle-ci est en effet le résultat de l'ensemble des déficits cumulés depuis des décennies : pour combler le trou dû au déficit, l'État et la Sécurité sociale s'endettent. Si les administrations publiques réussissent à dégager un excédent budgétaire, elles peuvent en revanche réduire leur dette.

En 2024, le déficit de l'État était ainsi de 152,3 milliards d'euros, celui des organismes divers d'administrations centrales de 1,8 milliard, celui des administrations publiques locales de 16,7 milliards et les administrations de Sécurité sociale dégageaient un excédent de 1,3 milliard, notamment grâce à la situation excédentaire de la Cades[26]. Mais ce que l'on appelle le « trou de la Sécu » est, lui, un déficit de 15,3 milliards d'euros. Comme pour la dette, on a tendance à exprimer le déficit par rapport au PIB (au total, il s'élevait à 5,8 % du PIB en 2024), mais on peut aussi le mesurer en valeur absolue (près de 170 milliards d'euros l'an dernier).

---

26. François Ecalle, « Le déficit et la dette de la sécurité sociale », publié sur *Fipeco.fr* le 24 juin 2020.

L'endettement peut donc venir boucher un trou si l'État dépense trop, amortir le choc lors d'une crise économique (comme l'a fait le gouvernement Macron avec le fameux « quoi qu'il en coûte » lors de la pandémie de Covid), mais aussi être utilisé pour des investissements (dans des infrastructures de transport ou de télécommunications par exemple), qui sont certes coûteux à court terme, mais sont censés produire de la richesse à plus long terme, ou augmenter le patrimoine des administrations publiques. Comme nous l'avons vu un peu plus haut, cet outil a également été fréquemment utilisé au cours de l'Histoire pour financer des guerres, des situations exceptionnelles, où les leviers des hausses d'impôts et des baisses de dépenses ne peuvent pas suffire.

Nous avons mis de côté les collectivités locales, car leur fonctionnement est un peu différent. Elles aussi ont des recettes et des dépenses. Elles votent également des budgets. Mais les communes, les départements et les régions sont soumis à une « règle d'or ». Ces entités n'ont pas le droit d'afficher un déficit de leurs dépenses de fonctionnement[27]. Par contre, les collectivités territoriales peuvent s'endetter pour financer des dépenses d'investissement[28]. Les nouveaux emprunts ne peuvent en revanche pas servir pour rembourser les anciens, et les

27. Achats, rémunérations, subventions, paiement des intérêts, etc.

28. Achats de matériels durables, construction ou aménagement de bâtiments, travaux d'infrastructure, et acquisition de titres de participation ou autres titres immobilisés.

intérêts à payer sur cette dette sont comptabilisés du côté des dépenses de fonctionnement.

La dette est donc un outil politique et économique ancien et essentiel : tous les États, de la France aux États-Unis, en passant par le Mozambique, l'utilisent un jour ou l'autre. Le problème ne réside donc pas dans la dette en tant que telle, comme nous le verrons dans les prochains chapitres, mais plutôt dans son niveau ou son utilisation. Maintenant que les notions de base ont été posées, nous allons pouvoir explorer d'autres dimensions du débat. Pourquoi la dette française est-elle aussi importante ? Quelles sont les conséquences de cet endettement ? Devons-nous et pouvons-nous nous désendetter ? Mais avant cela, intéressons-nous à une question cruciale : qui peut bien nous prêter de l'argent ?

2

Comment la France s'endette-t-elle ?

Comme souvent en plein hiver, un courant d'air glacial balaie l'allée centrale du ministère de l'Économie, des Finances et de l'Industrie ce jeudi 9 janvier 2025. Mais au cœur du bâtiment Colbert, le vaisseau amiral du paquebot Bercy, qui surplombe l'onde grisée de la Seine, l'ambiance est brûlante. Dans une salle bardée d'écrans sur lesquels des chiffres et des graphiques défilent, le silence règne, mais la concentration d'une cellule d'experts financiers de haut vol est extrême. Cette poignée d'opérateurs de marché doit vendre aux investisseurs près de 13 milliards d'euros de titres de créance de l'État au meilleur prix. Les mots sont rares. Les regards figés. Tic-tac, tic-tac…

Quelques minutes plus tard, la tension retombe. Les visages se détendent. Mission accomplie pour l'Agence

France Trésor (AFT), ce service discret, mais indispensable, du ministère de l'Économie, chargé de gérer la trésorerie et la dette de l'État. Cette première adjudication de titres à long terme pour l'année 2025 est une réussite : comme d'habitude, la demande était plus élevée que l'offre. Mais ce n'est que le début. L'État français devra placer près de 300 milliards de dette au meilleur taux tout au long de l'année, un record historique. Une tâche titanesque, rendue plus complexe par un contexte d'inquiétude croissante sur les finances publiques. La mission n'est pas impossible, mais elle pourrait s'avérer plus ardue si un petit grain de sable venait à enrayer cette belle machine.

Comment l'État emprunte-t-il ?

Contrairement aux ménages, qui se rendent au guichet de leur banque pour obtenir un prêt, l'État emprunte quasi exclusivement sur les marchés financiers[1]. Concrètement, il vend des titres de créance, que l'on appelle des obligations, à des investisseurs. Il s'agit d'une promesse de remboursement à une date future. En général, le créancier est rémunéré périodiquement *via* un

---

1. Un marché financier est un lieu, physique ou virtuel, où se rencontrent l'offre et la demande de capitaux. Il permet aux agents économiques (entreprises, États, institutions financières, particuliers) d'échanger des produits financiers, tels que des actions, des obligations, des devises, des matières premières, etc. Cela permet de faciliter le financement de l'économie et de trouver un débouché à l'épargne des investisseurs.

taux d'intérêt fixé à l'avance (ou indexé sur l'inflation dans certains cas) jusqu'à l'échéance de l'obligation.

Pour ses besoins à court terme, l'État émet des bons du Trésor à taux fixe et à intérêt précompté (BTF), qui servent principalement à gérer la trésorerie immédiate. Pour le moyen et le long terme, il s'appuie sur les fameuses obligations assimilables du Trésor (OAT), qui constituent l'essentiel de la dette publique française. Ces titres, émis pour des durées allant jusqu'à cinquante ans, sont prisés par les investisseurs en quête de placements sûrs. En moyenne, la durée de vie de la dette négociable de l'État est d'un peu plus de 8 ans[2].

C'est l'AFT, créée en 2001, qui orchestre l'émission de dette pour le compte de la France. Comme l'expliquait Antoine Deruennes, le directeur général de l'AFT devant les députés de la commission d'enquête visant à établir les raisons de la très forte croissance de dette, en mai 2024, le rôle de l'AFT « consiste à permettre à l'État d'honorer, à chaque instant, ses engagements financiers. Chaque année, le montant des émissions à réaliser dans le cours de l'année suivante est annoncé fin septembre, en même temps que paraît le projet de loi de finances (PLF), qui détermine les besoins et les ressources de trésorerie de l'État. Ainsi, l'article d'équilibre de la loi de finances définit le montant de dette à émettre à moyen et à long terme. Schématiquement, il faut chaque année refinancer la dette qui arrive à échéance et financer le

2. Selon les données communiquées par l'AFT.

nouveau déficit, c'est-à-dire l'écart entre le montant des dépenses de l'État et celui de ses recettes. En émettant la dette nécessaire pour compléter les besoins de financement, nous assurons l'équilibre défini en loi de finances ».

Pour séduire les investisseurs, l'Agence France Trésor s'appuie sur trois grands principes : la prévisibilité, la régularité et la flexibilité. Grosso modo, elle suit un calendrier précis d'émissions, annoncé en début d'année, mais garde des marges de manœuvre pour s'adapter à la demande des acheteurs lors des adjudications. Enfin, l'AFT veille également à proposer les titres les plus liquides possibles, c'est-à-dire qui peuvent se vendre ou s'acheter facilement en grande quantité. Ces éléments permettent de faire des titres de créance français des produits appétissants pour les investisseurs. Car l'État répond aussi à une demande en s'endettant sur les marchés financiers : celle d'épargnants qui veulent investir une partie de leurs économies dans des placements sûrs, recevoir une rémunération relativement intéressante et diversifier leurs portefeuilles. La dette française est vue par ces investisseurs comme un bon compromis entre la sécurité et le rendement.

Pour lever ces fonds, l'AFT organise régulièrement des « adjudications », sorte de vente aux enchères, qui lui permettent d'obtenir de l'argent au plus faible coût pour le contribuable. Ces opérations sont prévues au millimètre. « C'est métronomique : les marchés n'aiment pas les surprises. De fait, l'organisation des adjudications se révèle à l'usage très solide, nous n'avons jamais été confrontés à une difficulté lors des appels au marché, même pendant la crise des *subprimes*, des dettes souveraines ou du Covid », nous raconte Anthony Requin, directeur de l'AFT entre 2015 et 2021. « Le marché des titres d'État, dans l'idéal, ça doit être ennuyeux, sinon cela veut dire qu'il y a un problème. »

Concrètement, l'agence annonce une semaine avant l'opération le type et la quantité de titres qu'elle compte émettre. Elle réunit ensuite ses *primary dealers*, les banques partenaires de l'AFT – que l'on appelle les « spécialistes en valeurs du Trésor », les SVT[3]. Celles-ci jouent le rôle d'intermédiaire avec le marché : elles en prennent le pouls et donnent ces informations à l'agence. Le lendemain, l'AFT annonce quelle sera la taille de l'adjudication, ce qui permet aux traders des banques de sonder leurs clients.

Le jeudi suivant, c'est l'heure de l'adjudication. Les SVT placent leurs ordres. Une fois cette opération terminée, l'AFT sert les offres les plus intéressantes pour l'État, jusqu'à écoulement du stock. Les SVT, qui servent d'intermédiaires avec les investisseurs, sont ensuite livrées et peuvent revendre les titres à ces derniers. Tous les lundis,

3. Les SVT sont renouvelés tous les trois ans. La liste actuelle est composée de : Bank of America, Barclays, BNP Paribas, Citi, Crédit Agricole - CIB, Deutsche Bank, Goldman Sachs, HSBC, JP Morgan, Morgan Stanley, Natixis, Natwest Markets, Nomura, Santander, Société Générale.

des BTF sont émis. Tous les premier et troisième jeudis du mois, ce sont des obligations à moyen et à long terme qui sont proposées à nos créanciers, les fameuses OAT. L'AFT peut aussi utiliser une autre technique, plus rare, appelée la syndication : dans ce cas-là, les investisseurs peuvent participer directement à la vente. L'agence l'utilise par exemple pour lancer de nouvelles obligations, ou des titres de très longue durée.

Le recours aux marchés financiers pour s'endetter n'est pas la seule différence entre la France et un ménage : l'État a une position particulière vis-à-vis de ses créanciers. Il conçoit des produits qui s'adaptent à la demande des prêteurs. Autre différence : si l'État emprunte, par exemple, sur dix ans, il ne paie pendant cette période que les intérêts (ce que l'on appelle le « coupon ») ; il ne rembourse pas le capital. Il ne le fait qu'au bout des dix ans, mais en s'endettant à nouveau pour cela. C'est ce que l'on appelle dans le jargon « faire rouler la dette », comme nous l'avons vu dans le chapitre précédent. Une stratégie qui repose sur la confiance des investisseurs, et est particulièrement utile avec des taux d'intérêt favorables… Mais qui peut s'avérer plus dangereuse lorsque les taux flambent.

Il existe donc un « marché primaire », réservé aux professionnels, mais aussi ce qu'on appelle un « marché secondaire », qui est en quelque sorte le Bon Coin des obligations, accessible à un plus grand nombre d'investisseurs, notamment les particuliers ou la Banque centrale européenne, qui y a acquis des titres de dette lorsqu'elle a lancé sa politique de rachat d'actifs. Les titres de créance déjà émis peuvent donc être revendus sur ce marché et c'est la loi de l'offre et de la demande qui prévaut.

Peut-on s'endetter autrement ?

L'État peut aussi décider de s'endetter directement auprès de ses citoyens en lançant un « emprunt national ». La possibilité a notamment été évoquée par le Premier ministre François Bayrou en mars 2025 pour financer la hausse des dépenses militaires… Mais cette piste a finalement été écartée. Le dernier emprunt national en date est celui lancé par Édouard Balladur en 1993. Un succès auprès des Français, mais qui a coûté cher aux finances publiques à cause des commissions pour les intermédiaires financiers et des pertes de recettes fiscales dues à l'avantage offert pour attirer les épargnants français. Depuis, ce levier est un peu tombé en désuétude…

Avec la crise du Covid, une nouvelle possibilité s'est ouverte : l'endettement européen. Bruxelles a en effet emprunté sur les marchés financiers en son nom propre 750 milliards d'euros et les a redistribués aux États-membres *via* des subventions et des prêts : il s'agissait du gigantesque plan de relance nommé *Next Generation EU*. Cette décision a marqué une véritable rupture, qualifiée par certains de « moment hamiltonien[4] », car elle est un pas en avant vers la mutualisation des dettes européennes, une idée défendue par certains économistes. L'utilisation du même mécanisme a été proposée par Ursula von der Leyen, présidente de la Commission européenne, pour financer une partie du plan de réarmement européen, annoncé en mars 2024.

Et avant, on s'endettait comment ?

Petit retour au XVIe siècle… François Ier est alors roi de France. Son règne (1515-1547) est placé sous le signe du mécénat artistique et de la guerre. Deux passions qui coûtent cher… Pour financer cette explosion des dépenses, le roi tente bien sûr d'augmenter les impôts. Pas suffisant. Il invente alors le premier grand emprunt public, lancé par l'intermédiaire de l'Hôtel de Ville de Paris, auprès des habitants de la capitale ! Il s'agit d'une rente perpétuelle, l'Église voyant alors d'un mauvais œil l'usure : le capital n'est jamais remboursé, mais les créanciers reçoivent chaque année un douzième de la somme versée.

Comme on peut l'imaginer assez facilement, la vente aux enchères de titres de créance sur les marchés

4. Alexander Hamilton est l'un des pères fondateurs des États-Unis. En tant que premier secrétaire au Trésor des États-Unis, il obtient en 1790 un accord sur la mutualisation des dettes des différents États, gonflées par la guerre d'indépendance.

financiers internationaux par Bercy n'a bien évidemment pas été l'outil utilisé de tout temps par l'État pour se financer… Sous l'Ancien Régime, les rois empruntaient directement auprès de particuliers fortunés, de banquiers, de corporations ou de marchands. La fameuse et puissante famille des Médicis, des banquiers italiens, faisait ainsi partie des créanciers des rois de France. Au XVIIIe siècle a commencé à se développer un marché des capitaux, qui prendra une ampleur encore plus importante au XIXe siècle. La rente, notamment perpétuelle (ce titre public ne prévoyait pas de remboursement du capital, mais assurait à son détenteur des versements d'intérêts réguliers et fixes) séduit les épargnants. Un instrument qui a depuis disparu. « À l'époque, une bonne gestion signifiait s'endetter à très long terme », explique Clara Léonard, économiste, directrice et fondatrice de l'Institut Avant-garde, un think tank qui se veut apolitique et cherche à établir des ponts entre la recherche et l'administration publique. L'obligation, un instrument de dette négociable, apparaît au cours du XIXe siècle. De grandes campagnes d'emprunts nationaux auprès des citoyens sont également lancées. La Banque de France, créée en 1800, est elle aussi amenée à financer l'État français *via* des « avances ». Au moment de la Première Guerre mondiale, le Trésor se met à émettre des bons à court terme pour financer l'effort de guerre. Résultat, le pays est mis mal par de nombreuses crises de trésorerie, jusqu'au plan de stabilisation de Poincaré en 1926, qui a permis de maîtriser l'endettement.

Pendant la Seconde Guerre mondiale, ce que l'on appelle le « circuit du Trésor » va se développer. Il s'agit d'un financement de la dette publique en dehors des marchés financiers. « Constitué par un ensemble de mécanismes plus ou moins contraignants, ce circuit conduit de nombreuses institutions financières à déposer au Trésor les ressources collectées et permet de couvrir une large part des déficits publics de façon quasi automatique, et en dehors de toute procédure de marché », détaille le sociologue Benjamin Lemoine dans son ouvrage *L'ordre de la dette*[5]. Les banques ont également l'obligation d'acheter de la dette publique et les taux sont définis par l'État planificateur. Celui-ci draine et aiguille l'épargne nationale en direction du financement de la dette publique.

Au cours des années 1960, ce circuit va être petit à petit détricoté, car la France est en train de se convertir progressivement à l'économie de marché. La première adjudication de bons du Trésor a lieu en 1963[6]. Cette technique de financement va peu à peu devenir dominante, avec la libéralisation du marché des capitaux dans les années 1980. Par une étrange ironie de l'Histoire, ce sont les socialistes qui vont accélérer ce mouvement…

---

5. La Découverte, 2022.

6. https://www.institutavantgarde.fr/une-histoire-des-doctrines-de-la-dette-publique-francaise/

Le traité de Maastricht en 1992 vient quant à lui mettre fin à la possibilité pour les États de la zone euro d'être financés par leurs banques centrales *via* des « avances », qui n'étaient d'ailleurs presque plus utilisées[7].

Les pratiques d'endettement public ne sont donc pas figées : elles sont le résultat d'un contexte historique, de décisions politiques et de prescriptions économiques qui ont évolué au fil du temps. Le circuit du Trésor est en adéquation avec un État interventionniste et planificateur, tandis que le fonctionnement actuel correspond à une vision libérale.

Quid de la Sécurité sociale et des collectivités locales ?

Si l'AFT s'occupe d'emprunter pour le compte de l'État, la dette sociale est, quant à elle, gérée par d'autres organismes (notamment l'Acoss, la Cades, créée en 1996 pour reprendre et détruire la dette cumulée de la Sécurité sociale, ou l'Unédic, qui s'occupe de la gestion de l'assurance-chômage). La dette sociale est également en grande partie levée sur les marchés (88 %) [8].

Les collectivités locales ont quant à elles surtout recours à l'emprunt bancaire (76 %), même si certaines

7. Contrairement à une fausse information qui est parfois utilisée dans le débat politique, ce n'est en effet pas la loi de 1973 qui a interdit le financement monétaire des déficits.

8. https://fipeco.fr/fiche/Le-montant-et-l % C3 % A9volution-de-la-dette-publique.

d'entre elles utilisent aussi le marché obligataire pour s'endetter. « Le besoin annuel d'emprunt des collectivités locales fluctue en fonction des périodes, mais il se situe aux alentours des 20 milliards d'euros : elles se dirigent soit vers des banques commerciales, soit vers des banques publiques (comme la Banque postale ou la Caisse des dépôts et consignations), soit vers le marché obligataire, pour celles qui ont une certaine taille critique », décrit Philippe Rogier, directeur Institutions et Territoires de l'AFL, une banque publique créée en 2013 par les collectivités locales pour assurer leur financement (l'AFL lève des fonds auprès d'investisseurs et les redistribue ensuite aux collectivités sous forme de prêts).

Qui détient la dette française ?

Une fois émis, les titres de dettes sont achetés par une grande variété d'investisseurs : banques, compagnies d'assurances, fonds d'investissement, fonds de pension[9], fonds souverains[10], fonds spéculatifs[11], et même des particuliers[12] ou des banques centrales[13]. Ces investisseurs peuvent être français, mais aussi allemands, italiens,

9. Organisme financier qui gère des retraites par capitalisation.

10. Fonds d'investissement détenu par un État.

11. Ou *hedge funds* : il s'agit de fonds d'investissement à hauts risques.

12. C'est marginal en France, mais plus développé dans d'autres pays.

13. Il peut s'agir de la banque centrale du pays ou de la zone économique, mais aussi de banques centrales étrangères.

américains, japonais, etc. Environ un quart de la dette est détenu par des investisseurs hexagonaux et un autre quart est dans les coffres de la Banque centrale européenne (ou plutôt de la Banque de France qui a racheté pour le compte de la BCE de nombreux titres de dette dans le cadre de sa politique monétaire). Enfin, le reste est entre les mains de non-résidents (c'est-à-dire d'investisseurs établis à l'étranger), de la zone euro pour moitié (par exemple des banques allemandes) et hors zone euro pour l'autre moitié (par exemple des fonds de pension américains). 50 % de notre dette est donc détenue par des créanciers étrangers. Il est difficile d'avoir des informations très précises sur les détenteurs de notre dette. Si l'AFT sait à qui elle vend sur le marché primaire, les informations sur le marché secondaire sont ensuite beaucoup plus difficiles à collecter.

Cette répartition a évolué au fil du temps : la part des créanciers étrangers a augmenté jusqu'en 2009, avant de diminuer, en raison notamment de la politique de rachat de la BCE. Cela dit, celle-ci demeure plutôt élevée si on la compare avec celles d'autres pays développés. En Italie, la part des investisseurs non résidents n'est que de 24 %. Au Japon, les locaux détiennent 90 % de la dette.

Une question de souveraineté ?

Cette forte dépendance aux investisseurs étrangers n'est pas anodine. Pour certains, elle menace notre souveraineté nationale. « Un titre de dette n'est pas une action ; aucune assemblée d'actionnaires ne décide de la politique de la France – c'est la prérogative des élus, non celle des créanciers », tempérait en mai 2024 Antoine Deruennes devant les députés. C'est à la fois vrai… et faux. Car les investisseurs étrangers sont par principe moins « concernés » par le sort de la France : en cas de panique, ils auront tendance à se détourner plus facilement des titres français, accentuant les tensions sur les marchés… il est également plus difficile de les soumettre à des réglementations, contrairement à des détenteurs de dette résidents. On peut également imaginer qu'un État inamical, dont les ressortissants auraient été lésés par un éventuel défaut sur la dette française, pourrait prendre des mesures de rétorsion. Donald Trump a ainsi mis la pédale douce sur ses augmentations de tarifs douaniers au printemps dernier lorsque les investisseurs ont commencé à se montrer moins friands de dette américaine. Bref, notre dépendance nous expose un peu plus aux fluctuations et aux crises de confiance.

Mais ce recours important aux investisseurs étrangers a aussi ses avantages dans le cadre de la gestion quotidienne de notre dette : elle permet d'élargir sa base de financement en faisant appel à l'épargne mondiale, et pas seulement à celle des Français, de s'endetter à un coût moindre et de se protéger d'un éventuel choc qui toucherait une zone géographique en particulier. « Se passer des investisseurs étrangers, c'est se tirer une balle dans le pied », affirme Anthony Requin. Cette part importante de non-résidents est également un signe d'attractivité : lorsque des investisseurs veulent acquérir de la dette en euros, ils se tournent principalement vers l'Allemagne, la France et l'Italie, voire l'Espagne. Il s'agit des marchés de dette les plus liquides, et l'Hexagone offre (pour le moment) un bon compromis entre la sécurité allemande et le rendement italien.

Un rouage essentiel : la confiance du marché

Avant de passer à l'étape d'après, permettons-nous juste un petit récapitulatif pour ne perdre personne en cours de route… L'État français s'endette donc en émettant des titres sur les marchés financiers. Ces obligations sont achetées par des investisseurs (des fonds de pension, des compagnies d'assurances, des banques, etc.). Le remboursement du capital ne s'effectue qu'à la fin de la durée de vie de l'obligation. Entre-temps, les investisseurs touchent un versement annuel correspondant au taux d'intérêt : il s'agit à la fois du coût de l'emprunt pour le débiteur (on utilise parfois l'expression « le loyer de l'argent ») et du rendement pour le prêteur. La théorie économique prête aux taux d'intérêt des fonctions différentes : il s'agit à la fois de rémunérer un renoncement (celui d'utiliser son argent) et un risque (celui de ne pas être remboursé).

Le taux d'intérêt est en général exprimé en pourcentage du montant de l'emprunt : en 2024, le taux d'intérêt moyen des obligations d'État émises par la France à échéance de dix ans était par exemple de 2,97 % [14]. Ils sont en général positifs (ce qui paraît logique), mais nous avons également connu une période assez étrange où les taux d'intérêt avaient tellement dégringolé[15] qu'ils étaient passés en territoire négatif. Une bonne affaire pour l'Etat français en 2019, 2020 et 2021 !

Plusieurs facteurs influencent le niveau des taux d'intérêt : il y a bien sûr l'équilibre macroéconomique entre épargne et investissement – les taux d'intérêt ont chuté ces dernières décennies car l'offre de capitaux était bien supérieure à la demande – et la politique monétaire menée par les banques centrales – un point très important que nous développerons dans quelques pages. L'inflation joue aussi un rôle : si celle-ci est basse, les investisseurs auront tendance à demander un rendement moins élevé. Au contraire, ils voudront être rémunérés davantage en cas de hausse des prix. Leurs anticipations d'inflation sont donc cruciales.

Un autre rouage essentiel entre en jeu : la perception et la confiance des marchés financiers. Si les investisseurs pensent que l'État pourra rembourser facilement sa dette, par exemple car son économie est prospère et ses

---

14. Source : OCDE.

15. Depuis les années 1980, les taux d'intérêt ont eu tendance à chuter dans la plupart des pays avancés.

institutions stables, ils accepteront d'acheter des obligations à des taux d'intérêt bas. En revanche, si la confiance diminue, car la croissance économique est poussive, la dette importante ou le gouvernement instable, les investisseurs peuvent à ce moment-là demander des taux plus élevés pour compenser le risque. Dans ce cas-là, on dit que la prime de risque augmente. C'est ce que nous avons observé depuis la dissolution de juin 2024 : le *spread*, qui est donc la différence entre la rémunération du placement de référence en zone euro (le *Bund* à dix ans) et celle de l'OAT à dix ans, a grimpé, reflétant les inquiétudes des investisseurs à la suite de la dissolution.

La confiance des marchés peut donc être fragile (et ces derniers sont parfois irrationnels et moutonniers). Une crise politique, une récession économique ou une mauvaise gestion budgétaire peuvent rapidement faire monter les taux d'intérêt, rendant le financement de la dette plus coûteux. En un claquement de doigts, un État peut donc basculer dans un autre monde…

Les agences de notation, hyperpuissantes ?

Vendredi 13 janvier 2012. Une date que François Baroin ne risque pas d'oublier. Un jour maudit. À l'époque, le maire Les Républicains de Troyes est ministre de l'Économie, des Finances et de l'Industrie du gouvernement Fillon. La tempête économique souffle depuis plusieurs années sur l'Hexagone. « Nous avons assisté à un brusque envol de “cygnes noirs” qui, sans prévenir, ont tracé les contours d’un nouvel ordre mondial », écrit l’ancien locataire de Bercy dans son *Journal de crise*[16].

Après la déflagration des *subprimes*, les déficits des États se sont en effet creusés et les dettes ont explosé. Sur le Vieux Continent, la tornade en a entraîné une autre dans son sillage… Depuis de longs mois, la zone euro est prise au piège d’une crise de la dette souveraine qui menace les pays périphériques et la pérennité de l’union monétaire. Les investisseurs doutent. Faut-il continuer à prêter à ces États trop dépensiers ? Les taux d’intérêt se tendent de plus en plus… et la dette ne cesse d’enfler, alimentée par cette spirale infernale du doute.

Ce vendredi 13, il est 10 h 30, et un message s’affiche sur le téléphone du ministre. Ramon Fernandez, le directeur du Trésor, lui demande de le rappeler de toute urgence. Une mauvaise nouvelle attend le pays : l’agence de notation Standard & Poor’s s’apprête à dégrader la note de la France de AAA à AA+… Quelques heures plus tard, invité du JT de France 2, il essaie de calmer les esprits. « Ce n’est naturellement pas une catastrophe. C’est comme si vous demandiez à un élève qui a eu 20 sur 20 pendant très longtemps et qui passe à 19 si c’est une catastrophe ou non […] C’est une excellente notation. » Les conséquences ne seront pas désastreuses. « Le moment a été désagréable, mais la dégradation de la France avait déjà

16. J.-C. Lattès, 2012.

été intégrée par le marché, et nous l'avions accompagnée en documentant par exemple nos mesures d'économie », se souvient François Baroin[17]. Ses principales concurrentes, Moody's et Fitch, suivront, entraînant la France dans une spirale de dégradation jusqu'en 2015. Avant une longue accalmie…

Les agences de notation ne nous ont pourtant pas totalement oubliés. En 2023, c'est Fitch qui ouvre le bal en dégradant la note de la France de AA à AA-, à la suite de la chaotique réforme des retraites menée par Élisabeth Borne. S&P (le nouveau nom de Standard & Poor's) et Moody's suivront au printemps et à l'hiver 2024. À chaque verdict d'une agence de notation, c'est un événement. Mais qui sont ces trois méchants loups dont les gouvernements du monde entier craignent le jugement ?

Dans les années 1990, le chroniqueur du *New York Times* Thomas Friedman écrivait : « Il y a deux superpuissances dans le monde aujourd'hui : les États-Unis et Moody's. » Les agences de notation ont depuis un peu perdu de leur pouvoir d'influence, mais elles demeurent des acteurs centraux des marchés financiers. Concrètement, ces organismes privés sont chargés d'évaluer la capacité de remboursement des emprunteurs. Il peut s'agir d'États, mais aussi d'entreprises ou de collectivités locales. S&P, Moody's et Fitch ne sont pas

17. Philippine Robert, « La dette, de l'argent facile de Hollande à l'argent magique de Macron », publié sur *lepoint.fr* le 16 janvier 2024.

les seules agences de notation, mais elles représentent environ 90 % du marché de la notation.

Les premiers *ratings* sont nés aux États-Unis au début du XXe siècle. Après la crise de 1907, John Moody décide d'évaluer les obligations des compagnies de chemins de fer, puis celles des entreprises et des collectivités locales. « Au XIXe siècle, il existait déjà un business de l'information économique et financière, mais cet ancien journaliste va franchir un pas en synthétisant toutes ces données et en attribuant des notes qui mesurent la capacité à rembourser la dette », raconte Norbert Gaillard, économiste, consultant indépendant et spécialiste du risque souverain.

Poor's naît quelques années plus tard (en 1916). Suivront dans les années 1920 Standard Statistics (qui fusionnera en 1941 avec Poor's) et Fitch. La notation souveraine (c'est-à-dire des dettes des États) est, quant à elle, née en 1918, à la sortie de la Première Guerre mondiale. À partir des années 1920, les notes des agences de notation vont être intégrées dans les règles prudentielles[18] des fonds d'investissement. Un signe de la confiance qu'on leur accorde. À l'époque, il y a en effet déjà moult titres de dettes sur le marché et des crises récurrentes... Les investisseurs (fonds, banques ou boursicoteurs) ont donc besoin d'une

18. Les règles prudentielles sont un ensemble de réglementations financières imposées aux banques et autres institutions financières afin de garantir leur stabilité financière.

information finale et de bonne qualité pour faire leur choix. Ils vont la trouver dans les manuels à quelques dollars vendus par les agences de notation. Après le krach de 1929, qui a provoqué la Grande Dépression des années 1930, les *ratings* des agences commencent à être intégrés dans la réglementation financière.

Dans l'après-guerre, le business va ronronner... Et décoller de nouveau à partir des années 1970 avec le retour des crises, puis à partir des années 1980 avec l'arrivée des *junk bonds*, la financiarisation et la montée de l'endettement des États. Les agences de notation changent également de *business model*. Ce ne sont plus les investisseurs qui paient pour obtenir de l'information, mais les émetteurs de dette. Ce modèle économique a suscité de nombreuses critiques, car il crée un conflit d'intérêts : les agences sont payées par ceux qu'elles notent. Cette situation a conduit à des scandales, comme lors de la crise des *subprimes*, où celles-ci ont attribué de bonnes notes à des produits financiers toxiques.

Les agences de notation passent les emprunteurs au crible à travers un certain nombre de critères (pour un État, il s'agit par exemple de la situation des finances publiques, mais aussi des données macroéconomiques, ou encore de la stabilité institutionnelle). Elles attribuent ensuite aux débiteurs des notes de AAA (ce qui correspond à une bonne solvabilité de l'emprunteur : le risque de défaut est quasi nul) à D (en situation de défaut). Ces notes ont une influence sur les marchés, car elles apportent une information financière aux investisseurs, qui peuvent exiger des taux d'intérêt plus ou moins élevés, en fonction de la qualité de l'évaluation.

Ces acteurs ont été souvent décriés pour leur aveuglement (par exemple, ils ont sous-estimé les risques lors de l'explosion de la bulle Internet ou de la crise des *subprimes*) ou au contraire pour leur tendance à s'emballer (ils ont contribué à enfoncer la Grèce et donc la zone euro dans la crise). Cela dit, leur pouvoir d'influence n'est plus aussi fort que naguère. Notamment car les investisseurs ont désormais leurs propres services d'analyse. Aujourd'hui, les agences de notation ont plus souvent tendance à acter une évolution de la défiance déjà observée sur les marchés financiers. Les dégradations récentes de la note de la France n'ont ainsi pas eu d'impact sur les taux d'intérêt français. Les investisseurs avaient déjà réagi bien avant en exigeant une prime de risque plus élevée.

Il serait pourtant faux de dire qu'elles n'ont aujourd'hui plus aucune influence : les règles de gestion d'un certain nombre de fonds limitent par exemple la détention de titres souverains qui ne sont pas notés AAA ou AA. La réglementation financière utilise également les évaluations des agences de notation pour limiter le nombre de titres de qualités inférieures détenues par les banques. Une dégradation de AA à AA- (la note actuelle de la France) n'a donc pas beaucoup de conséquences. En revanche, un passage en catégorie A risquerait d'entraîner une baisse automatique de la demande d'obligations et une hausse des rendements exigés par les investisseurs. Aujourd'hui, la France est au bord de la falaise : une nouvelle dégradation risquerait de l'entraîner dans cette spirale.

Après l'AFT, les investisseurs et les agences de notation, nous allons maintenant nous attaquer à un autre acteur clé du marché de la dette : les banques centrales.

3

Et les banques centrales alors ?

En cette mi-décembre 2024, Francfort s'est parée de ses habits de fête. Les chalets traditionnels du marché de Noël se dessinent sur le fond terne des buildings, au milieu des effluves de saucisses grillées et de pain d'épice. Même les bâtiments de l'austère Banque centrale européenne, qui surplombent les flots grisés du Main, semblent s'être laissés gagner par l'esprit de Noël. Dans cette fourmilière où se croisent des nationalités de toute l'Europe, les visiteurs se retrouvent soudainement nez à nez avec des choristes vêtus de pulls bardés de rennes, de sapins et autres symboles de la Nativité.

Difficile d'imaginer qu'un bouleversement vient de se produire pour l'institution chargée de maintenir la stabilité des prix dans la zone euro. La BCE vient de mettre un terme définitif à ses achats d'obligations sur les marchés.

Une décision qui marque la fin d'une ère pour les traders de l'institution dirigée par la puissante Christine Lagarde, ex-directrice générale du Fonds monétaire international (FMI) et ancienne patronne de Bercy. Pour les États de la zone euro, cette décision est un réveil brutal. Après des années de politique monétaire ultra-accommodante, ce qui a permis d'alléger le poids de leur endettement, la Banque centrale européenne sonne la fin de la récréation. L'heure est désormais à la normalisation…

Si ces mots vous semblent encore obscurs, pas de panique ! Les prochaines lignes seront consacrées à cet acteur clé, qui gère notamment la politique monétaire des États… Mais qui reste pourtant peu connu de nos concitoyens. « En Allemagne ou aux Pays-Bas, nos décisions font la une des journaux, ce qui n'est absolument pas le cas en France : la politique monétaire ne semble pas intéresser les Français », nous confiait il y a quelques mois un dirigeant de l'institution.

Que signifie ce changement pour la France et ses finances publiques ? Pourquoi la BCE, acteur clé de la politique monétaire, joue-t-elle un rôle si central dans le financement des États ? Et surtout, pourquoi ce virage resserre-t-il l'étau autour de la dette française ?

Des missions multiples

L'invention des banques centrales est plutôt récente. La plus ancienne, la Sveriges Riksbank, a vu le jour en

Suède en 1668, à la suite de la faillite de la seule banque du pays. Nos amis d'outre-Manche ont suivi quelques années plus tard avec la création en 1694 de la *Old Lady*, la Banque d'Angleterre, pour financer les guerres de Guillaume d'Orange. En France, c'est Napoléon Bonaparte qui crée la Banque de France, la « vieille dame de la rue de La Vrillière », en 1800. Aux États-Unis, la Réserve fédérale (FED) n'apparaît qu'en 1913, à la suite d'une panique bancaire.

Au fil des siècles, les banques centrales ont assumé des rôles variés : émettre de la monnaie, stabiliser son cours, financer les États, éviter les faillites bancaires, gérer les réserves de change[1], superviser le système bancaire, et garantir la stabilité des prix. Les banques centrales sont chargées de la définition de la politique monétaire, c'est-à-dire la manipulation de la masse monétaire et des conditions de crédit dans le but de stimuler ou de freiner l'activité économique. Pour cela, les banques centrales ont comme principal outil (dit « conventionnel »), leur taux directeur[2]. Il s'agit du taux d'intérêt fixé par une banque centrale pour ses prêts aux banques commerciales.

---

1. « Les réserves de change sont des avoirs détenus par les banques centrales ou les États en devises étrangères ou en or. Les réserves de change d'un pays lui permettent de disposer de liquidités suffisantes pour conduire des opérations de change ou faire face à un déficit de sa balance des paiements. Leur importance économique varie fortement selon la situation du pays » (source : Banque de France).

2. En réalité, la BCE en a trois : le taux d'intérêt des opérations principales de refinancement, le taux de la facilité de prêt marginal et le taux de la facilité de dépôt.

Ce taux influence directement le coût du crédit pour les ménages, les entreprises et les États. Des taux directeurs bas stimulent ainsi le crédit et l'économie, tandis que des taux élevés sont censés freiner l'endettement et la croissance.

Financer les États : une pratique controversée

Historiquement, le financement direct des États par les banques centrales a constitué une pratique courante, en particulier lors des guerres ou des crises économiques. Ce mécanisme consistait à créer de la monnaie afin de prêter directement à l'État, lui permettant ainsi de couvrir ses dépenses. En France, la Banque de France a longtemps joué ce rôle en accordant des avances au Trésor public pour financer le déficit. Cette pratique a perduré jusqu'en 1993, date à laquelle le traité de Maastricht l'a formellement interdit dans la zone euro.

Il n'y a pas qu'en France que « la planche à billets » a tourné : de nombreux pays y ont eu recours (et certains l'utilisent encore). À première vue, cette solution peut sembler idéale : elle permet à l'État de disposer rapidement d'argent pour financer ses politiques publiques, ou soutenir l'économie en période de récession. Certains économistes, notamment ceux qui prônent une politique budgétaire plus active, regrettent d'ailleurs l'interdiction de ce levier, estimant qu'il pourrait être utile pour relancer l'activité en cas de crise majeure.

On peut donc se demander pourquoi les Etats de la zone euro ont décidé d'interdire une pratique qui semble si commode... Tout simplement car cette apparente facilité cache un risque majeur : l'inflation.

La peur de l'inflation

Nous l'avions presque oublié, et pourtant celle-ci a fait un retour inattendu à la suite de la pandémie de Covid et du choc énergétique consécutif à l'invasion de l'Ukraine par la Russie. L'inflation, c'est l'augmentation générale des prix : le pouvoir d'achat de la monnaie s'érode. Selon les économistes, l'inflation peut se produire quand la demande est excessive par rapport à l'offre – c'est ce qui s'est produit lors de la pandémie des Covid : le pouvoir d'achat des ménages avait été maintenu par le « quoi qu'il en coûte », tandis que les usines du monde entier étaient à l'arrêt – ou lorsque les coûts des entreprises augmentent – si le prix des matières premières flambe par exemple. Ce phénomène est à double tranchant. Un peu d'inflation ne fait pas de mal, et met même un peu d'huile dans les rouages de l'économie. Elle peut par exemple alléger la dette : c'est ce qui s'est passé par exemple après la Seconde Guerre mondiale.

En revanche, une inflation trop importante, mais surtout incontrôlée, peut être néfaste, car se crée alors un cercle vicieux qui est très difficile à stopper. Les ménages et les entreprises anticipent en effet la hausse des prix, ce qui l'entretient. L'inflation devient une croyance auto-réalisatrice qui peut plonger un pays dans le chaos. L'Allemagne en sait quelque chose : l'hyperinflation de la république de Weimar a ruiné le pays et laissé un traumatisme durable. Ce souvenir explique en partie pourquoi nos voisins d'outre-Rhin sont si attachés à la stabilité monétaire et si critiques envers les politiques monétaires expansionnistes.

D'autres époques ont été marquées par une augmentation des prix. Dans les années 1970, les pays développés ont connu des pics d'inflation (liés aux chocs pétroliers) et une croissance atone. Une drôle de période baptisée stagflation et qui a chamboulé les esprits, la théorie économique postulant jusqu'alors que croissance et inflation évoluaient dans le même sens… Surtout, la politique économique s'est retrouvée devant une cruelle impasse : mener une politique de relance, c'était prendre le risque d'attiser l'inflation, un peu comme si on jetait de l'alcool sur un début d'incendie… Mais mener une politique désinflationniste risquait au contraire d'étouffer la croissance. La doctrine des économistes dits *monétaristes*, comme le célèbre prix Nobel américain Milton Friedman, connaît alors son heure de gloire. Au contraire des keynésiens, les monétaristes pensent que l'intervention de l'État doit être minimale et que la politique budgétaire ne doit pas être laxiste. La politique monétaire doit quant à elle être menée par une banque centrale indépendante des pressions politiques, pour ne pas avoir à financer les déficits des gouvernements, et se concentrer sur l'objectif de stabilité des prix pour ancrer les anticipations d'inflation.

La BCE : gardienne de l'euro et des prix

Gardienne de la monnaie commune de la zone euro, indépendante, la Banque centrale européenne est née en 1998. Son siège est à Francfort, en Allemagne, à quelques kilomètres de la Bundesbank, la banque centrale de nos voisins d'outre-Rhin, qui lui a servi de modèle. Outre l'émission de l'euro, la supervision des moyens de paiement et la surveillance des grandes banques, son mandat est clair : garantir la stabilité des prix, avec un objectif d'inflation « au-dessous, mais à un niveau proche, de 2 %, sur le moyen terme ». Un objectif inscrit dans les traités européens, et qui distingue la BCE d'autres grandes banques centrales, comme la Réserve fédérale américaine. Là où la FED poursuit un double objectif – la stabilité des prix et le plein-emploi –, la BCE se concentre uniquement sur la lutte contre l'inflation. Une différence qui reflète l'importance accordée par nos voisins allemands à la discipline monétaire. Cet édifice va tenir bon pendant une dizaine d'années… jusqu'au choc des dettes souveraines qui est venu bouleverser les règles du jeu.

Politiques non conventionnelles : le retour de la planche à billets ?

Nous sommes le 26 juillet 2012 à Londres. Mario Draghi, le président italien de la Banque centrale européenne, qui a succédé quelques mois plus tôt au Français Jean-Claude Trichet, s'exprime devant des investisseurs réunis pour un événement organisé au Lancaster House, un palais de la capitale britannique. Un moment décisif. Les prises de parole des banquiers centraux sont toujours scrutées avec attention. Elle l'est encore plus ce jour. La zone euro est en effet à cette époque au bord de l'explosion à cause de la crise des dettes souveraines. Le *spread* des pays périphériques s'est envolé, et la tourmente semble partie pour durer.

Ce jour-là, Mario Draghi, surnommé par la suite « Super Mario », va radicalement changer la donne en trois mots : *« Whatever it takes »,* c'est-à-dire « quoi qu'il en coûte ». Trois mots qui veulent dire beaucoup : la Banque centrale européenne est prête à utiliser tous les moyens d'action à sa disposition pour sauver la monnaie commune… Un nouveau dispositif, l'OMT (pour *Outright Monetary Transactions*) est créé, qui permet à la Banque centrale européenne d'acheter sans limite des titres de dette d'un pays de la zone euro qui serait en difficulté, à condition de mettre en place un programme d'ajustement économique. Celle-ci n'a même pas besoin de l'utiliser. Ces mots suffisent à apaiser les marchés… et à faire de Mario Draghi le sauveur de la zone euro.

Ce discours marque un changement d'ère radical pour la BCE qui se convertit aux politiques monétaires non conventionnelles. Celles-ci sont nées au début du XXIe siècle au Japon. Le pays était confronté à une spirale déflationniste et les outils traditionnels de la politique monétaire semblaient alors inopérants. Après la crise des *subprimes*, la FED et la Banque d'Angleterre ont également adopté une politique de taux très bas associée à ce que l'on nomme le *Quantitative Easing* (assouplissement quantitatif), l'achat de titres de dette sur les marchés financiers. Cette injection de liquidités a pour but de faire baisser les taux d'intérêt et d'encourager les banques à prêter davantage.

La BCE est un peu en retard, mais elle suit le mouvement en sortant son « bazooka monétaire », *via* l'APP (programme d'achats d'actifs) en 2015 pour faire face au spectre de la déflation. Au total, la BCE a acheté plus de 5 000 milliards d'euros de dette européenne entre 2015 et 2022… Pour certains économistes, ces politiques non conventionnelles marquent le retour à la bonne vieille planche à billets. Même s'il ne s'agit pas d'un financement direct des déficits des États, l'action de la BCE a en effet conduit à alléger la charge de la dette… Au point que certains pays, comme la France, en sont arrivés à emprunter à des taux négatifs aux investisseurs : la somme qu'on leur remboursera à terme sera moins élevée que le montant initial de l'obligation !

L'épidémie de Covid, qui a fait chavirer la croissance et exploser l'endettement public, est venue conforter l'usage des politiques non conventionnelles… La BCE a lancé un programme d'urgence, le PEPP (*Pandemic Emergency Purchase Programme*), qui a permis aux États de la zone euro de s'endetter à des conditions extrêmement favorables.

Bulles, dépendances et tensions

Ces politiques non conventionnelles ont permis aux États de s'endetter à des taux historiquement bas, voire négatifs. Mais elles ont aussi suscité des critiques. En Allemagne, certains citoyens ont intenté des actions en justice contre la BCE, accusée de violer son mandat. En 2020, la Cour constitutionnelle allemande a même exigé de la Banque centrale européenne qu'elle justifie son programme d'achat de dettes. Certains économistes dénoncent également les risques de bulles spéculatives sur les marchés financiers, alimentées par les milliards d'euros de liquidités, le creusement des inégalités et l'aléa moral : pourquoi réformer ses finances publiques si l'argent est si bon marché ?

En France, cette période d'argent facile a permis de financer le « quoi qu'il en coûte » pendant la pandémie de Covid-19. Mais elle a aussi renforcé la dépendance de l'État à des taux d'intérêt bas. Avec la fin des politiques accommodantes et la remontée des taux directeurs, le coût de la dette française risque d'exploser. Mais pourquoi faire machine arrière ? Tout simplement car le rôle de la Banque centrale européenne n'est pas de rendre la dette soutenable. Comme nous l'a confié un dirigeant de la BCE : « Nous ne faisons pas de politique budgétaire. C'est aux États de gérer leurs finances. »

La fin de l'argent magique

Cette période d'argent facile, presque magique, touche désormais à sa fin : la BCE a tourné la page des politiques ultra-accommodantes. Le retour d'une inflation, alimentée par les perturbations des chaînes d'approvisionnement et la flambée des prix de l'énergie, a contraint la BCE à relever fortement ses taux directeurs en 2022 et 2023 et à mettre petit à petit fin à ses programmes d'achats d'actifs. Face à l'affaiblissement de la croissance, l'institution de Francfort a certes commencé à réduire légèrement ses taux depuis la mi-2024. Mais l'ère du bazooka monétaire est pour l'instant bel et bien clôturée.

Pour la France, ce changement d'ère est loin d'être anodin. L'État doit désormais composer avec des conditions de financement bien moins favorables… et regarder en face le résultat de cinquante années de déficit.

4

Pourquoi sommes-nous si endettés ?

C'est un temps que les moins de cinquante ans ne peuvent pas connaître. Nous sommes au début des années 1970. L'économie française connaît depuis la fin de la Seconde Guerre mondiale une croissance exceptionnelle. Les Trente Glorieuses font souffler un vent de prospérité sur le pays. La société de consommation se développe, les usines tournent à plein régime, le baby-boom remplit les écoles primaires, les femmes participent de plus en plus au marché du travail, Michel Fugain chante *Une belle histoire* et les chemises aux couleurs vives sont légion. En mai 1974, la France élit un jeune et fringant président, Valéry Giscard d'Estaing, qui promet de moderniser la société.

Qui pourrait croire que ce merveilleux tableau est l'incipit d'un roman dramatique ? Un récit qui est celui de notre endettement incontrôlé… C'est en 1974 que la France enregistre son dernier excédent budgétaire (0,1 % du PIB). Un an plus tard, le déficit plonge à 2,9 % à la suite de la crise économique créée par le premier choc pétrolier[1] de 1973 et du grand plan de relance de 30 milliards de francs, préparé par le Premier ministre Jacques Chirac, pour soutenir une économie française étranglée par le quadruplement du prix de l'or noir. Un échec. L'investissement ne redécolle pas. Même si la consommation repart, c'est au détriment du solde commercial, qui se dégrade considérablement. Le chômage s'envole. Malgré les efforts du nouveau Premier ministre, le très rigoureux Raymond Barre, qui a remplacé Jacques Chirac en 1976, la dette publique atteint 21 % du PIB en 1980, contre 14,5 % en 1974.

Depuis, la France a été constamment dans le rouge, dépensant plus d'argent public qu'il n'en rentrait dans nos caisses, et s'endettant à tour de bras pour boucher ce trou chronique. Cinquante années de vie à crédit ont provoqué cette explosion de notre dette au-delà de la barre des 3 300 milliards d'euros. Ce chiffre vertigineux est le reflet d'un échec collectif, d'une incapacité chronique

1. En 1973, les pays du Golfe réduisent leur production de pétrole (et pour certains imposent un embargo) en guise de mesure de rétorsion contre les Etats qui soutiennent Israël pendant la guerre du Kippour, notamment les États-Unis et l'Europe occidentale. Le prix du baril flambe, ce qui provoque un choc économique et une prise de conscience de la dépendance énergétique des pays occidentaux. Un second choc pétrolier a lieu en 1979 lors de la révolution islamique en Iran.

à affronter la question de nos comptes publics. Comment en sommes-nous arrivés là ? Est-ce une fatalité économique, une histoire de choix politiques, une spécificité culturelle ? Pour comprendre les causes de ce gonflement de la dette, remontons le fil de l'Histoire et analysons les causes profondes de cette addiction française à la dette publique.

Un héritage historique : la dette française à travers les siècles

La France entretient une relation ancienne et complexe avec la dette publique. S'endetter, c'est à la fois affirmer sa puissance, celle d'un État suffisamment fort pour inspirer la confiance des emprunteurs, et accepter une forme de vulnérabilité, en se plaçant sous la coupe de créanciers. Dès l'Ancien Régime, le pays a connu une succession de phases d'endettement massif, suivies de tentatives souvent douloureuses pour rétablir l'équilibre des finances publiques. Cette histoire mouvementée façonne encore notre perception de la dette : elle est indissociable d'un État centralisé, puissant, dont les dépenses sont fréquemment motivées par de grandes ambitions politiques ou militaires. Sous l'Ancien Régime, les rois de France recouraient massivement à l'emprunt pour financer leurs guerres ou leur train de vie fastueux. Mais, incapables de lever suffisamment d'impôts, les souverains multipliaient les défauts de paiement, ce qui sapait la confiance des prêteurs. « Les taux d'intérêt exigés par les créanciers étaient très élevés, bien supérieurs à ceux pratiqués en Angleterre, car ils anticipaient le risque de défaut », raconte l'économiste Charles Serfaty, auteur d'*Histoire économique de la France*[2]. Jusqu'à la crise majeure de la fin du XVIIIe siècle qu'il raconte dans son ouvrage : « Louis XVI butait sur un problème extrêmement simple à comprendre, mais plus difficile à résoudre : la dette publique avait explosé, en grande partie à cause des entreprises militaires françaises contre l'Angleterre. La guerre d'Indépendance américaine (dans laquelle la France intervint entre 1778 et 1783) avait rétabli l'honneur de la marine, mais également fait peser l'entretien de sa flotte sur le budget royal. La dette représentait près de 80 % du revenu national annuel, alors que les recettes royales équivalaient à 8 % du PIB, et les dépenses à 10 % en 1788 (près de six fois moins qu'en 2023). Le taux de croissance nominale du PIB était d'un peu plus de 1 % par an – pour moitié due à l'inflation, pour moitié due à la croissance démographique, avec une faible croissance du PIB par habitant[3]. » Louis XVI aurait pu comme ses prédécesseurs faire défaut… Mais les temps ont changé. Il préfère convoquer les États généraux pour tenter de résoudre cette crise. La suite est connue. La Révolution emporte avec elle l'Ancien

2. Passés Composés, 2024.

3. *Ibid.*

Régime. Une partie de la dette est finalement annulée par le Directoire, en 1797.

Au XIXe siècle, l'État français s'endette à nouveau pour financer des guerres, mais aussi des infrastructures (le fameux plan Freycinet de 1879, destiné à développer des ports, des canaux et des chemins de fer). Mais la gestion est un peu plus rigoureuse, la dette se stabilise et les créanciers ne sont pas spoliés. L'économiste libéral Clément Colson (1853-1939) déclare : « Ce que le siècle qui vient de finir a apporté de nouveau, ce n'est pas l'habitude d'emprunter, c'est celle de payer ses dettes[4]. » Les rentiers vivent leur âge d'or : la dette de l'État, c'est le placement idéal du petit épargnant pour préparer ses vieux jours.

Les deux conflits mondiaux au XXe siècle sont venus bouleverser cet équilibre, en provoquant une explosion de la dette publique. Pendant la Première Guerre mondiale, l'État crée un nouvel impôt, celui sur le revenu, pour financer l'effort de guerre, mais ce n'est pas suffisant – ni assez rapide à mettre en place. Il s'endette alors massivement, notamment *via* les bons du Trésor (des titres à court terme), en plus des avances de la Banque de France. Le taux d'endettement atteint 180 % de la production annuelle à la fin du conflit[5]. L'inflation galopante qui suivra va faire fondre la valeur réelle de la dette et

---

4. Cité dans Michel Lutfalla (dir.), *Une histoire de la dette publique en France*, Classiques Garnier, « Bibliothèque de l'économiste » 12, 2017.

5. *Ibid.*

« euthanasier les rentiers ». La Seconde Guerre mondiale propulse la dette à 250 % du PIB. Mais, après 1945, la forte croissance et l'inflation permettent de réduire ce fardeau : la dette est à peine de 30 % dans les années 1950. Les épargnants sont ruinés et la retraite par répartition est créée notamment pour pallier ce problème. L'endettement n'est en tout cas plus un souci jusqu'à la fin des Trente Glorieuses et le tournant des années 1970.

Ce survol historique permet d'établir une première leçon : l'histoire de la dette française est marquée par les banqueroutes ou l'effacement de l'endettement par l'inflation…

Un phénomène mondial

L'endettement public n'est pas un problème spécifiquement français. Depuis le milieu des années 1970, la dette publique mondiale a triplé. Selon les dernières projections du Fonds monétaire international[6], son niveau dépassait les 100 000 milliards de dollars (soit 93 % du PIB mondial) en 2024 et il devrait continuer à augmenter jusqu'à la fin de la décennie, pour atteindre près de 100 % du PIB d'ici à 2030. L'exemple le plus souvent cité est bien sûr celui du Japon, avec sa faramineuse dette d'environ 250 % du PIB[7] : depuis des années, son gouvernement tente de stimuler une croissance devenue

6. Moniteur des Finances publiques, octobre 2024.

7. *Ibid.*

atone, à cause du vieillissement de la population, grâce à des dépenses publiques financées par un endettement galopant. Les créanciers sont en grande majorité des résidents japonais, et notamment la Banque du Japon.

Les États-Unis[8] sont également fortement endettés (plus de 120 % du PIB), mais leur situation est particulière car ils disposent du « privilège du dollar ». Leur monnaie a en effet une position unique et dominante dans le système économique et financier mondial[9] : les Américains peuvent donc emprunter facilement car la demande de dollars est presque inépuisable, ce qui leur permet de financer facilement leurs déficits. Un privilège qui pourrait être remis en cause par les acrobaties économiques du président Donald Trump. En mars 2024, la dette américaine a été chahutée après le « *Liberation Day*[10] ».

Dans son rapport sur les finances publiques d'automne 2024, le FMI s'inquiète particulièrement du cas de six pays : l'Afrique du Sud, le Brésil, la France, les États-Unis, l'Italie et le Royaume-Uni. Mais, selon des calculs effectués par l'économiste Mathieu Plane de l'Observatoire français des conjonctures économiques

8. *Ibid.*

9. Cette hégémonie est aujourd'hui contestée, notamment par les BRICS (Brésil, Russie, Inde, Chine et Afrique du Sud) qui souhaitent une « dédollarisation » du monde.

10. Le mercredi 2 avril 2025, jour où Donald Trump a annoncé une salve de nouvelles mesures protectionnistes.

(OFCE), tous les pays de l'OCDE[11] ont connu une forte hausse de leur dette publique depuis le début des années 1980 – entre 53 points de PIB pour l'Italie et 193 points de PIB pour le Japon[12].

Cette explosion de la dette mondiale, en particulier dans les pays avancés, a de nombreuses explications qui s'emmêlent et parfois se renforcent les unes les autres. Le recours aux marchés financiers a permis de s'endetter plus facilement à moindre coût et l'excès d'épargne a trouvé dans la dette un débouché. L'effondrement tendanciel des taux d'intérêt a favorisé l'endettement des États, tout comme l'affaiblissement de la croissance dans un certain nombre de pays développés. Le vieillissement de la population joue aussi un rôle, car les dépenses publiques liées à la santé et aux retraites augmentent, tandis que la population active rétrécit, réduisant les recettes fiscales. Les modèles de protection sociale mis en place à la suite de la guerre de 1939-1945 (le fameux État-providence) ont été construits au moment où la croissance était florissante et la démographie dynamique. Face à la nouvelle ère de la « stagnation

11. L'OCDE, ou Organisation de coopération et de développement économiques, a succédé à l'Organisation européenne de coopération économique (OECE), qui était chargée d'administrer l'aide du Plan Marshall. Cette institution promeut « des politiques publiques qui favorisent la prospérité, l'égalité des chances et le bien-être pour tous ». Elle compte 38 pays membres.

12. Cahiers français n° 442 : « La dette, jusqu'où ? », op. cit.

séculaire[13] », des craquelures sont apparues et menacent ces édifices d'effondrement.

Les crises mondiales, de plus en plus récurrentes dans un monde financiarisé et interconnecté, sont aussi venues gonfler les dettes. Parallèlement, la mondialisation (et la construction de l'Union européenne pour les pays concernés) a alimenté la concurrence fiscale entre les États pour attirer les entreprises et les plus hauts revenus, dopant ainsi l'évasion fiscale et érodant les recettes des gouvernements. Dans la zone euro, le parapluie de la monnaie commune a également favorisé l'endettement de certains pays, qui n'auraient jamais pu emprunter autant à des taux aussi bas, ou qui auraient vu leur monnaie se déprécier instantanément, sans la gestion prudente des pays du Nord. De leur côté, les « frugaux » ont tiré parti de cette devise plus faible que ne l'était leur ancienne monnaie nationale pour booster leurs exportations.

L'effondrement en 1971 du système de Bretton Woods, l'ordre monétaire mis en place après la Seconde Guerre mondiale, a aussi joué un rôle. L'ancien gouverneur de la Banque de France, Jacques de Larosière, qui était à l'époque directeur du Trésor, se souvient : « Il n'était alors plus nécessaire de tenir notre parité avec le dollar : une des limites à l'endettement avait soudainement

---

13. Imaginée dans les années 1930, cette thèse a été reprise par les économistes Lawrence H. Summers et Robert Gordon à la suite de la Grande Récession de 2008 : nous serions entrés dans une ère durable de croissance anémique à cause de l'affaiblissement de la demande et d'un ralentissement de la productivité.

disparu[14]. » D'autres économistes évoquent la « malédiction des démocraties ». « L'horizon des gouvernements est très court, ils se disent que, de toute façon, ce ne sera pas eux qui rembourseront, le problème sera réglé plus tard. Le même problème se pose pour le réchauffement climatique », analyse Jean-Charles Rochet, professeur d'économie à la Toulouse School of Economics (TSE), l'école d'économie du prix Nobel Jean Tirole.

Les politiques ultra-accommodantes des banques centrales aux quatre coins du monde de la crise des *subprimes* jusqu'à la pandémie de Covid ont été la cerise sur le gâteau. Les États sont entrés dans un monde où le poids de la dette semblait s'évaporer. Un monde enchanté d'argent *a priori* magique… Une illusion à laquelle l'Hexagone a particulièrement cru.

Cinquante ans de déficit

La France n'est par conséquent pas un cas isolé. Elle souffre elle aussi de tous les maux évoqués précédemment. Mais elle se démarque tout de même. L'Hexagone fait partie des pays de l'OCDE (pour la plupart des pays développés, mais pas seulement) qui ont connu la plus forte progression de leur endettement ces dernières décennies. Comme nous l'avons déjà évoqué, la France est en déficit chronique depuis cinquante ans. Autre

14. Philippine Robert, « Le roman noir de la dette : de la glissade de Giscard à la cagnotte de Chirac », art. cit.

caractéristique : elle se classe bien souvent première dans le classement des pays qui dépensent le plus et qui prélèvent le plus l'impôt. Entre 1975 et 2023, les dépenses publiques ont bondi de 46,2 à 57 % du PIB. Les recettes ont elles aussi progressé, de 43,2 % à 51,6 % du PIB (et de 35,5 % à 43,2 % pour les prélèvements obligatoires en particulier[15]), mais pas suffisamment pour couvrir la hausse des dépenses…

Depuis le début des années 2000, la tendance est d'ailleurs plus à la baisse des prélèvements obligatoires (si l'on excepte le choc fiscal du début du mandat de François Hollande) pour essayer de maintenir tant bien que mal la compétitivité de l'économie française et faire face à un « ras-le-bol fiscal », pour reprendre l'expression de l'ancien ministre de l'Économie et désormais premier président de la Cour des comptes Pierre Moscovici, dont l'apothéose a été la crise des Gilets jaunes. La droite et la gauche s'invectivent sans cesse sur la cause du trou dans nos caisses, mais l'équation est pourtant simple : nous dépensons beaucoup, et nous ne prélevons pas assez d'impôts pour financer la générosité publique.

« La dette permet de créer de l'illusion fiscale, c'est-à-dire ne pas rendre apparent le prix fiscal des services publics », souligne François Facchini, professeur d'économie à l'université Paris-I Panthéon-Sorbonne. On comprend mieux pourquoi la France, à la fois si férocement attachée à son État-providence et de plus en plus

15. Toutes les données sont issues de l'INSEE.

récalcitrante à payer des impôts, a fait de la dette son arme économique favorite. Face aux vents économiques contraires, les gouvernements qui se sont succédé depuis les années 1970 ont tous fait des choix qui ont fait gonfler notre endettement. Sur le plan économique, deux explications s'affrontent : d'un côté, ceux qui accusent la disparition de l'État tout-puissant et interventionniste, et de l'autre, ceux qui regrettent que la France, contrairement à certains de ses voisins, n'ait pas compris qu'elle devait s'adapter pour tirer parti des nouvelles règles du jeu économique, et travailler plus pour produire plus, afin de financer son généreux modèle de protection sociale. Trop libérale ou pas assez…

Pourtant, l'endettement n'a été ni l'apanage de la droite, ni celui de la gauche. C'est d'abord le plan de relance du centriste Giscard pour faire face au choc pétrolier en 1975. Puis est venu le temps des roses, celui de la relance de grande ampleur du socialiste François Mitterrand au début des années 1980. L'État injecte à l'époque 10 milliards de francs (plus de 1 % du PIB) dans l'économie, réduit le temps de travail et baisse la retraite à 60 ans. Un conte de fées qui se transforme vite en cauchemar. L'inflation s'emballe, le déficit commercial se creuse, le franc est attaqué, les capitaux fuient. Le gouvernement est obligé de dévaluer sa monnaie. Une débâcle… Les socialistes sont contraints de faire volte-face et le tournant de la rigueur est pris en 1983. Mais l'effet boule de neige se fait encore sentir pendant quelque temps : lors de ces années dépensières, les taux d'intérêt ont dépassé la barre des 10 %. Pendant l'épisode de cohabitation entre 1986 et 1988, la droite convertie au libéralisme reaganien, et guidée par Jacques Chirac à la tête du gouvernement, est plus concentrée sur la baisse des impôts que sur l'équilibre des finances publiques.

Au début des années 1990, une nouvelle crise se déclenche avec l'explosion d'une bulle immobilière et la première guerre du Golfe. La dette poursuit sa lente dérive jusqu'à atteindre les 56 % du PIB en 1995… Ni la gauche ni la droite, qui profite d'une nouvelle cohabitation pour mettre en place des baisses de charges, ne proposent de remède à cette maladie chronique. Mais est-ce vraiment un problème ? Emprunter coûte de moins en moins cher. Désormais, l'État se finance sur les marchés financiers et nos obligations trouvent preneurs aux quatre coins du monde…

La France doit certes se plier aux limites instaurées par le traité de Maastricht pour entrer dans la zone euro, mais elle n'y met pas vraiment du sien… Seul le Premier ministre Alain Juppé tente, en 1995, de redresser les comptes de la Sécurité sociale (sans succès et au prix d'une mobilisation massive des Français dans les rues) … avant une dissolution qui fera cohabiter un président de droite, Jacques Chirac, et un gouvernement socialiste. Heureusement pour nous, une croissance miraculeuse fait son apparition à la fin des années 1990 : des recettes fiscales pleuvent à n'en plus finir et nous permettent d'entrer dans l'euro. Chouette, une cagnotte ! Face à la pression de l'opposition et des Français, le Premier ministre Lionel Jospin ne peut pas en profiter pour constituer un coussin amortissant pour le prochain choc : il est contraint de redistribuer 50 milliards de francs de cette manne, à travers des baisses d'impôts et des augmentations de dépenses.

Mais l'euphorie ne dure pas… La croissance ralentit, le passage des trente-neuf à trente-cinq heures de travail hebdomadaire plombe la compétitivité des entreprises et les baisses de charges accordées en contrepartie pèsent sur nos finances publiques… Dès 2002, la France dépasse à nouveau les limites instaurées par Bruxelles (3 % de déficit et 60 % de dette). La France et l'Allemagne décident ensemble de s'asseoir sur les critères du Pacte de stabilité. Mais, à la différence de nos voisins d'outre-Rhin, qui engagent alors des réformes d'ampleur pour retrouver de la compétitivité et de l'oxygène budgétaire, la France s'enlise. Avant d'entrer dans une ère de crise. *Subprimes*, zone euro, Covid… Nicolas Sarkozy, François Hollande et Emmanuel Macron sont contraints de lâcher un peu plus les cordons de la bourse. Mais contrairement à beaucoup de nos voisins, qui savent faire refluer la dette quand la croissance revient, la France n'a pas réussi à faire machine arrière… Il faut dire qu'elle n'y était pas incitée. Avec la faiblesse des taux d'intérêt, due à la politique monétaire ultra-expansionniste de la Banque centrale européenne, l'argent semblait être devenu réellement magique. « C'était un phénomène incroyable : la dette augmentait et pourtant la charge de celle-ci diminuait grâce à la baisse des taux d'intérêt, se souvient Michel Sapin, ministre de l'Économie et des Finances entre 2014 et 2017. Nous étions tous drogués à l'argent pas cher, même les économistes les plus libéraux qui nous disaient auparavant qu'il fallait se désendetter[16]. » Beaucoup d'experts étaient alors persuadés que c'était là le nouveau régime de croisière de l'économie, et que les taux ne remontraient plus jamais, rendant notre endettement forcément soutenable. Et puis, les investisseurs se ruaient sur nos obligations… Ils étaient même prêts à en détenir alors que les taux deviennent négatifs. Alors, à quoi bon mécontenter les électeurs ?

Les 1 000 milliards d'Emmanuel Macron

Nous sommes en 2018. Emmanuel Macron est encore un jeune et fringant président de la République, élu depuis moins d'un an. À l'époque, il est vu comme celui qui a su renverser l'éternelle alternance entre la gauche et la droite. En ce jour d'avril, il est en visite au CHU de Rouen. À une soignante qui lui réclame plus de moyens pour l'hôpital, le locataire de l'Élysée répond : « À la fin, c'est vous qui payez aussi, vous savez. Il n'y a pas d'argent magique. » Une expression qu'il répétera à de nombreuses reprises. « La dette, c'est nos enfants qui la

16. Philippine ROBERT, « La dette, de l'argent facile de Hollande à l'argent magique de Macron », art. cit.

paieront, ajoute-t-il. Aujourd'hui, nous vivons à crédit, ça fait des décennies que ça dure. Et donc, si nous ne faisons rien, ce seront nos enfants, et eux n'auront pas le choix. »

À l'époque, la France vient tout juste de sortir de la procédure de déficit excessif dans laquelle Bruxelles l'a placée, à la fin des années 2000. L'ancien banquier d'affaires promet de mettre de l'ordre dans les comptes du pays et de maîtriser notre dette publique, qui navigue alors autour de 100 % du produit intérieur brut. Il l'a écrit noir sur blanc sur sa profession de foi en 2017. « Ne pas réduire nos dépenses courantes et notre dette serait irresponsable pour les générations à venir. » Anthony Requin est alors directeur de l'AFT : « J'étais persuadé que nous allions enfin y arriver. La fenêtre d'opportunité était parfaite : croissance, taux bas, QE… Toutes les planètes pour infléchir notre trajectoire de dette étaient alignées. »

Sans doute Emmanuel Macron y croyait-il vraiment lui aussi à l'époque… Mais vu d'aujourd'hui, ce retour en arrière est cruel. En sept ans, ce sont plus de 1 000 milliards d'euros de dette qui se sont accumulés… Pourtant, l'histoire semblait bien partie. En 2017, la dette recule légèrement. Pour mieux repartir de plus belle. Il y a d'abord les 17 milliards lâchés en 2019 aux Gilets jaunes, ces Français modestes qui clament leur ras-le-bol fiscal tout en exigeant des services publics de meilleure qualité. « Pour Macron, tout cela est arrivé parce que le pays commençait à aller mieux grâce à ses réformes et que les Français réclamaient leur part du gâteau », raconte un ex-conseiller de Bercy[17]. Puis est arrivée l'épidémie de Covid. Le « quoi qu'il en coûte » lancé pour sauver l'économie des affres de la pandémie et du confinement, des mesures soutenues par la quasi-totalité des économistes qui craignent la pire des récessions, fait exploser la dette. Fonds de solidarité, chômage partiel, dépenses de santé... L'État prend à sa charge les salaires et les chiffres d'affaires des entreprises. Un dérapage rendu nécessaire par la conjoncture.

Mais l'ivresse de l'argent magique conduit à la fuite en avant. Pourquoi s'arrêter en si bon chemin ? Plan de relance de 100 milliards d'euros, « quoi qu'il en coûte » énergétique, paquet pouvoir d'achat... tout en poursuivant ses baisses massives d'impôts (suppression de la taxe d'habitation, baisse des impôts des entreprises et des ménages les plus riches, etc.). À Bercy, on serre les dents. « Il faut surtout que l'on revienne à un mode normal de gestion des finances publiques : le problème, c'est qu'après ces années d'ouverture du robinet budgétaire, tout semble possible et tout le monde exige de nouveaux droits, de nouveaux services publics, donc les ministres ne cessent de demander toujours plus d'argent », nous souffle un ancien occupant des lieux fin 2023.

---

17. Philippine Robert, « Le président Macron et la dette : histoire d'une faute », publié sur *lepoint.fr* le 31 octobre 2024.

De nombreux experts se sont attelés à décortiquer ces 1 000 milliards. Selon l'OFCE, les crises seraient responsables de 44 à 62 % de la hausse de la dette et les décisions politiques de Macron expliqueraient entre 38 et 56 % de la hausse. Autre méthode de calcul avec François Ecalle : « L'héritage de l'histoire de cinquante ans de politique économique explique 50 % à 70 % de l'augmentation de la dette publique de fin 2016 à la fin 2023. La chute du PIB en 2020 explique une partie de la hausse de l'endettement public, mais son impact est largement compensé, d'une part par les effets d'une croissance relativement forte certaines années (2021-2022, mais aussi 2017-2019) ; et d'autre part par une progression du produit des prélèvements obligatoires à législation constante plus rapide que celle du PIB [...]. Au total, les effets de la conjoncture et de cette forte élasticité des recettes expliquent seulement de 0 à 10 % de l'augmentation de la dette sur cette période. Par différence avec les effets précédents, les mesures de hausse ou de baisse des dépenses et des recettes publiques qui ont été mises en œuvre de 2017 à 2023 expliquent entre 20 % et 35 % des 911 milliards d'euros de hausse de la dette publique », décortiquait-il devant la Commission d'enquête visant à établir les raisons de la très forte croissance de la dette française depuis l'élection présidentielle de 2017 et ses conséquences sur le pouvoir d'achat des Français en 2024.

Une addiction française : un modèle social coûteux et une culture de la dépense

« Le gouvernement ayant pris ainsi la place de la Providence, il est naturel que chacun l'invoque dans ses nécessités particulières. Aussi rencontre-t-on un nombre immense de requêtes qui, se fondant toujours sur l'intérêt public, n'ont trait néanmoins qu'à de petits intérêts privés [...]. La lecture en est mélancolique : des paysans demandent qu'on les indemnise de la perte de leurs bestiaux ou de leur maison ; des propriétaires aisés, qu'on les aide à faire valoir plus avantageusement leurs terres ; des industriels sollicitent de l'intendant des privilèges qui les garantissent d'une concurrence incommode. Il est très fréquent de voir des manufacturiers qui confient à l'intendant le mauvais état de leurs affaires, et le prient d'obtenir du contrôleur général un secours ou un prêt. Un fonds était ouvert, à ce qu'il semble, pour cet objet[18]. » Quand on interroge le spécialiste des finances publiques François Ecalle sur les raisons qui expliquent l'addiction française à la dépense publique, il aime citer ces phrases écrites par le penseur et homme politique libéral Alexis de Tocqueville au XIXe siècle pour évoquer l'Ancien Régime. « Quand on lit ces lignes, on a l'impression qu'il décrit la situation actuelle », souligne-t-il.

Nos gouvernants ont certes commis des erreurs de politique économique. Mais ils ont aussi répondu à une

18. Alexis de TOCQUEVILLE, *L'Ancien Régime et la Révolution*, 1856.

demande des Français : toujours plus de dépenses… « Une partie de notre culture traditionnelle montre une complaisance à l'égard des dépenses publiques financées par des emprunts supplémentaires, qui n'existe pas dans d'autres pays comme de l'Europe du Nord et ceux des pays méditerranéens depuis qu'ils ont été touchés par la crise de 2010 et 2011 : l'idée qu'il faut prévoir de vrais financements pour toute dépense supplémentaire n'est pas du tout naturelle chez nos concitoyens », observe l'ancien président de la Banque centrale européenne Jean-Claude Trichet. L'historienne Laure Quennouëlle-Corre va jusqu'à conceptualiser un « déni de la dette » qui serait typiquement français et qui a pris toute son ampleur à partir des années 1970. « Le XXe siècle a acclimaté les citoyens à l'idée que la dette est toujours soutenable et qu'elle n'est donc pas un sujet en soi », écrit-elle dans son ouvrage *Le déni de la dette*. Elle y détaille plusieurs raisons : le renforcement du rôle attribué à l'État à travers notre modèle social, le consensus de la droite et de la gauche sur le recours à l'intervention publique, le niveau élevé de conflictualité sociale en France, la faiblesse de la culture économique des Français et le délitement du lien physique entre l'épargnant et la dette.

L'élément déterminant, qui distingue sans doute le plus la France de ses voisins, c'est l'attachement viscéral de nos concitoyens à l'Etat-providence, c'est-à-dire l'État qui n'est pas seulement régalien, mais qui vient intervenir dans le domaine social. S'il a commencé à émerger avant

1939, c'est à la fin de la Seconde Guerre mondiale qu'il se consolide. L'État joue désormais un rôle central dans la protection sociale (santé, retraites, etc.). Mais ce modèle, viable lorsque la croissance est forte et la démographie dynamique, est devenu de plus en plus coûteux avec le vieillissement de la population et le ralentissement de la progression du PIB… Un dysfonctionnement que nos concitoyens ne veulent pas voir. « Les Français ont mis dans la protection sociale une part de leur identité, elle est un ciment au sein d'une société qui a été souvent dans l'antagonisme et qui s'est vue décliner[19] », souligne Bruno Chrétien, président de l'Institut de la protection sociale (IPS). Les Français attendent également de la puissance publique qu'elle étende de plus en plus son champ d'action (à chaque problème, un chèque !) et qu'elle abreuve l'activité économique et associative de subventions, sans jamais évaluer véritablement l'efficacité de cette dépense.

Résultat, quand le trou dans les finances publiques devient trop gros, il faut augmenter les impôts, car la baisse des dépenses publiques s'avère toujours être d'une extrême difficulté. Il suffit de retourner quelques mois en arrière quand Michel Barnier a voulu mettre à contribution les retraités et les collectivités locales. La situation avait beau être critique (risque d'absence de budget, *spread* en hausse…), il a dû reculer sur ces mesures et

---

19. Philippine Robert, « Retraite à 60 ans : comment est née "la grande bêtise française" », publié sur *lepoint.fr* le 20 mars 2025.

sur d'autres encore ! Mais cet engrenage du « toujours plus d'impôt » peut s'avérer dangereux. Déjà, dans un paysage mondialisé où la concurrence fiscale fait rage (ce que l'on peut déplorer, mais qui est une réalité), le poids des prélèvements obligatoires nuit à notre compétitivité. Mais surtout, comme l'a montré le mouvement des Gilets jaunes, les Français s'attendent à un retour sur investissement important, et ils ne comprennent pas pourquoi la qualité du service public semble sans cesse se dégrader alors qu'ils paient beaucoup d'impôts. Et peu importe que 30 millions d'entre eux vivent déjà de l'argent public[20]… Il ne s'agit d'ailleurs pas seulement des ménages. Les entreprises vivent aussi avec 200 milliards d'euros d'aides publiques, souvent imaginées au départ pour compenser le poids de l'imposition… Lorsque le levier de la fiscalité ne suffit plus, car tout le monde montre les dents, il ne reste alors plus qu'à s'endetter.

Où vont les dépenses ?

« Qu'est-ce que vous faites du pognon ? » s'était emballée Jacline Mouraud, figure de proue du mouvement des Gilets jaunes. Bonne question… dont la réponse est tout, sauf cachée. Selon une note de François Ecalle[21], la protection sociale (retraites, santé, famille, etc.) représente

20. François Facchini, « 30 millions de Français vivent de l'argent public : une impasse politique ? », publié sur *lepoint.fr* le 1er avril 2025.

21. « Les dépenses par politique publique en 2023 », *fipeco.fr*.

plus de la moitié des dépenses publiques, et les retraites à elles seules un quart d'entre elles. Le sujet est pourtant hautement inflammable. À chaque réforme des retraites qui tente d'économiser des bouts de chandelle, la France finit à feu et à sang. Le retour à l'âge de départ à 60 ans n'a pas disparu du débat. Pourtant, selon les calculs de l'ancien inspecteur des finances Jean-Pascal Beaufret, le poids des retraites expliquerait la moitié de l'envolée de la dette de ces dernières années[22]. Dans les budgets des ministères, la part consacrée aux retraites des agents publics est devenue de plus en plus lourde, obligeant à tailler dans d'autres parties du budget.

La santé représente quant à elle plus de 20 % des dépenses publiques. Suit le poste affaires économiques (qui englobe les dépenses de transport, certaines aides aux ménages, comme le crédit d'impôt pour l'emploi de salariés à domicile, ou les subventions à des entreprises), puis arrive seulement l'enseignement, dépense d'avenir par excellence.

Un modèle social coûteux, des choix budgétaires hasardeux, des crises économiques à n'en plus finir… La France est-elle condamnée à vivre avec une dette toujours plus élevée ? Ce qui est certain, c'est que la dette publique reflète des choix politiques et culturels, en plus de mutations économiques. Elle est le miroir de notre modèle social, de nos attentes envers l'État et de notre

---

22. Jean-Pascal BEAUFRET, « Les trois singes et les finances publiques - Retour sur 1 000 milliards de dette additionnelle », *Commentaire* nº 187, automne 2024.

incapacité à réformer. La question n'est donc pas seulement économique, mais profondément politique : quel avenir voulons-nous pour notre pays ? Et sommes-nous prêts à en payer le prix ?

5

Être endetté, c'est grave, docteur ?

Olivier Blanchard est un ponte. Il suffit de jeter un coup d'œil sur son CV pour s'en convaincre : ancien président du département d'économie du MIT[1] à Boston et ex-chef économiste du Fonds monétaire international (il était en poste au moment où éclatait la bombe des *subprimes*), ce chercheur est considéré comme l'un des plus grands et influents macroéconomistes de notre époque. En 2015, le *Washington Post* l'a même qualifié d'« économiste le plus intelligent dont vous n'avez jamais entendu parler[2] ». Excusez du peu ! Ce spécialiste des questions budgétaires est également l'un des experts les plus cités par ses pairs. Pourtant,

---

1. Massachusetts Institute of Technology.

2. https://www.washingtonpost.com/business/the-smartest-economist-youve-never-heard-of/2015/10/02/8659bcf2-6786-11e5-8325-a42b5a459b1e_story.html

c'est avec une simplicité désarmante qu'il nous accueille à l'automne 2024 dans un bistrot du Marais, à Paris, où il a ses habitudes.

Olivier Blanchard n'est pas un austère économiste adepte de la rigueur budgétaire à tout prix, rêvant de tailler à la serpe dans les services publics et les aides sociales. Keynésien pragmatique, il a longtemps plaidé pour que les gouvernements profitent des taux d'intérêt bas pour s'endetter et investir dans l'avenir… « Être obnubilé par la réduction de la dette publique est une erreur », martelait-il[3] encore il y a quelques années.

Depuis, l'économiste tient un discours un peu différent. Dans les colonnes du *Point*[4], Olivier Blanchard a appelé en décembre dernier, dans une tribune coécrite avec François Ecalle, à trouver 150 milliards d'euros pour stabiliser le ratio de la dette publique par rapport au PIB. « La situation m'inquiète beaucoup », confie-t-il désormais.

Olivier Blanchard aurait-il retourné sa veste ? Pas vraiment. Ce sont plutôt les conditions économiques qui ont évolué et modifié son analyse de la situation de nos finances publiques. La clé de son changement de point de vue se trouve dans une formule économique, simple mais redoutable : « r – g » (r étant le taux d'intérêt

3. Marc VIGNAUD, « Être obnubilé par la réduction de la dette publique est une erreur », publié sur *lepoint.fr* le 20 février 2019.

4. « Les recommandations d'Olivier Blanchard et de François Ecalle pour éviter le mur de la dette », publié le 13 décembre 2024.

moyen de la dette et g le taux de croissance). « Si les taux d'intérêt (r) sont supérieurs aux taux de croissance (g), alors "r – g" est positif, explique-t-il. Cela signifie qu'il faut trouver de l'argent, *via* les impôts, pour payer les intérêts de la dette. Si "r – g" est négatif, on peut être beaucoup plus relax : la dette n'est plus un poids. » En d'autres termes : la dette peut être ou non une menace. Tout dépend du contexte. Pour la France, qui a en plus un déficit primaire (c'est-à-dire hors charge d'intérêt) élevé, c'est d'autant plus inquiétant…

Et c'est bien là toute la complexité du débat sur la dette publique : il n'existe pas de règle qui fonctionne à tous les coups. Depuis des siècles, les économistes s'affrontent, à coups d'arguments pertinents sur cette question, sans jamais parvenir à un consensus.

Mais avant de nous plonger dans les méandres de la pensée économique, clarifions un point. La dette, qu'elle soit publique ou privée, n'est pas une anomalie dans un système capitaliste. Au contraire, elle en est l'un de ses moteurs. La dette permet de financer des projets, de soutenir l'activité économique, et de répondre aux besoins d'épargnants en quête de rendement. Avec le développement des marchés financiers, la dette a pris une ampleur inédite, facilitant la rencontre entre ceux qui ont de l'argent à prêter et ceux qui en ont besoin. Mais cette expansion incontrôlée de l'endettement soulève une question : jusqu'où peut-on aller sans risquer l'effondrement ?

Une question de moralité… et de domination

Très tôt, les penseurs se sont intéressés au sujet de la dette publique. « Dès la fin du Moyen Âge, les réflexions se multiplient autour de la question des emprunts publics, de leur licéité, de leur utilité ou de leur nocivité », écrit l'économiste Jean-Yves Grenier[5]. Le christianisme, qui condamne l'usure, voit d'un mauvais œil les emprunts publics. Plus tard, les mercantilistes[6] perçoivent la dette comme un outil au service de la puissance étatique.

Les économistes classiques[7], comme l'Écossais Adam Smith (1723-1790) ou le Britannique David Ricardo (1772-1823), se méfient de la dette publique. Pour eux, elle est un fardeau : elle engendre une dépendance vis-à-vis de ses créanciers, freine la croissance et conduit inéluctablement à une augmentation des impôts pour payer les intérêts. Pour Ricardo, la dette publique actuelle n'est qu'un impôt différé. Cette « équivalence ricardienne », a été dans les années 1970 développée

5. Jean ANDREAU *et al.* (dir.), *La dette publique dans l'histoire*, Institut de la gestion publique et du développement économique, Comité pour l'histoire économique et financière de la France, 2006.

6. Le mercantilisme est une doctrine économique qui a prévalu en Europe du XVIe au XVIIIe siècle. Il se caractérise par une forte intervention de l'État dans l'économie, dans le but d'accroître la puissance nationale.

7. Pour les économistes classiques (XVIIIe et XIXe siècles), l'intervention directe de l'État dans l'économie doit être limitée au minimum nécessaire pour garantir le bon fonctionnement du marché et ils estiment que l'offre et la demande tendent à s'équilibrer.

par l'économiste américain Robert J. Barro. Selon cette théorie, les agents économiques auraient tendance à limiter leur consommation actuelle pour épargner afin de payer les futures hausses d'impôts, ce qui annule l'effet stimulant des nouvelles dépenses publiques.

Au XIXe siècle s'impose l'idée que les finances publiques doivent être gérées de manière sérieuse. L'endettement doit être réservé aux situations exceptionnelles, comme les guerres, ou alors aux grands projets d'infrastructures. Autre ambiance avec le prussien Karl Marx (1818-1883), qui écrit dans *Le Capital*, que la dette publique est une « aliénation de l'État ». Mécanisme de domination dans la lutte des classes, elle permet à la bourgeoisie de s'enrichir au détriment des travailleurs. Une vision radicale, mais qui résonne encore dans certains discours contemporains.

La rupture keynésienne

« Je crois que le livre de théorie économique que je suis en train d'écrire révolutionnera largement – pas d'un seul coup, je suppose, mais au cours des dix prochaines années – le mode de raisonnement que l'on a jusqu'ici appliqué, dans tous les pays du monde, aux problèmes économiques » : c'est en ces termes que l'économiste britannique John Maynard Keynes (1883-1946) présente dans une lettre à son ami critique et prix Nobel de littérature George Bernard Shaw son œuvre *Théorie générale de l'emploi, de l'intérêt et de la monnaie* (1936). Keynes n'est pas humble, mais il n'a pas tort. Chômage massif, stagnation prolongée... La crise de 1929 a provoqué dans les années 1930 une Grande Dépression dont les économies ne semblent pas pouvoir sortir. John Maynard Keynes constate ces ravages. Haut fonctionnaire du Trésor[8] et économiste brillant, il va proposer une théorie remettant en cause la nécessaire orthodoxie budgétaire prônée par les théories néoclassiques[9].

Keynes préconise des politiques budgétaires expansionnistes pour lutter contre le chômage et les récessions. En injectant de l'argent dans l'économie, l'État peut soutenir la demande globale et aider l'économie à redémarrer. C'est le fameux multiplicateur keynésien. L'emprunt public peut donc devenir un outil utile et nécessaire de régulation de l'économie. Cela dit, Keynes ne conseille pas aux États de vivre constamment à crédit : en période de crise, le gouvernement peut creuser le déficit pour soutenir l'économie. Mais il s'agit d'une arme contracyclique, qui n'a pas à être utilisée quand l'économie se porte bien.

Les idées de Keynes vont profondément imprégner les politiques économiques de l'après-guerre. Les États occidentaux investissent massivement dans la reconstruction,

---

8. Il faisait notamment partie de la délégation britannique qui a négocié le traité de Versailles qui mit fin au conflit entre l'Allemagne et les Alliés.

9. Les économistes néoclassiques sont apparus à la fin du XIXe siècle. Ils ont cherché à formaliser l'économie en utilisant des outils mathématiques et en mettant l'accent sur l'équilibre, la rationalité des agents économiques et l'efficacité des marchés.

les infrastructures et les industries stratégiques. La dette publique ne semble alors pas poser de problème : grâce à l'inflation et à la croissance, elle est mécaniquement rognée.

Le consensus keynésien vole en éclats dans les années 1970, avec l'apparition d'un étrange phénomène économique : la stagflation (une croissance économique faible et une inflation élevée). La baguette magique de Keynes ne fonctionne plus pour régler le problème du chômage de masse, et elle va devenir de plus en plus inefficiente avec l'ouverture progressive des économies. La période des années 70 va marquer un tournant, avec le grand retour en force de l'idéal de discipline budgétaire. Les monétaristes et les économistes de la NEC (Nouvelle économie classique) critiquent l'endettement excessif, qu'ils jugent inefficace et inflationniste. Ils prônent une réduction du rôle de l'État dans l'économie, l'indépendance des banques centrales, l'arrêt de la monétisation des déficits et la fin du laxisme budgétaire. Les marchés financiers sont censés discipliner les États dispendieux…

Côté européen, une autre influence se fait sentir. La construction communautaire est marquée par l'ordolibéralisme allemand, une théorie économique née dans les années 1930 et dont les principes sont ainsi résumés par l'économiste Michel Dévoluy : « L'ordolibéralisme pose trois normes directrices. Tout d'abord, les prix libres offrent une bonne boussole pour orienter les décisions des agents économiques. Mais le système de marché doit être contrôlé et préservé des dérives oligopolistiques. C'est à l'État que revient la responsabilité du régime de concurrence libre et non faussée. Ensuite, un système économique efficace assure le maximum de sécurité et de lisibilité à ses acteurs. Pour cela, deux conditions sont indispensables : une faible inflation et la maîtrise des finances publiques. Peu d'inflation facilite les choix rationnels des agents et le maintien du pouvoir d'achat. Des finances publiques saines évitent des pressions inflationnistes et réduisent l'appel à l'épargne privée. Enfin, l'État a pour mission de soutenir les citoyens fragilisés par le système économique[10]. » Plus qu'ailleurs, l'inflation devient un danger qu'il faut absolument neutraliser.

La multiplication des crises

La crise de 2008 et ses conséquences remettent la dette publique sur le devant de la scène. Les États empruntent massivement pour sauver leurs banques et sortir de la récession. Les discours sur la « dette illégitime », qui jusqu'alors concernaient surtout les pays en développement, émergent, face à d'autres discours qui, eux, diabolisent la dette. Dans la zone euro, la crise des *subprimes* engendre une crise de la dette sans précédent. La Grèce, incapable de rembourser ses créanciers, devient le symbole des dérives de l'endettement.

---

10. Michel DÉVOLUY, « L'ordolibéralisme et la construction européenne », in *Revue internationale et stratégique* n° 103, 2016/3.

L'intervention des banques centrales, avec leurs politiques non conventionnelles ultra-accommodantes, remet les compteurs à zéro. Les taux baissent, deviennent parfois négatifs. Au point que la question de la maîtrise de l'endettement n'est plus une priorité. Beaucoup d'économistes sont persuadés qu'il faut profiter de cette fenêtre d'opportunité pour emprunter. Certes pas pour financer des dépenses de fonctionnement ou pour payer de nouvelles prestations sociales. Mais pour investir dans l'avenir, dans des domaines qui rapporteront dans le futur (comme l'éducation) et faire face au grand défi du réchauffement climatique qui menace l'humanité.

Aux États-Unis, la théorie monétaire moderne, inspirée du chartalisme, une doctrine économique née au début du XXe siècle, fait des émules à gauche. Selon l'économiste américaine Stephanie Kelton, conseillère économique du candidat de l'aile gauche du parti démocrate à la présidentielle Bernie Sanders, il n'existe pas de limite aux dépenses et à l'endettement, car l'État peut toujours créer de la monnaie pour éviter la faillite. Une théorie qui séduit les politiques... beaucoup moins ses confrères. L'économiste américain Larry Summers, ancien conseiller économique de Barack Obama, l'a ainsi qualifiée de « recette pour le désastre[11] ». Le risque est

---

11. https://www.washingtonpost.com/opinions/the-lefts-embrace-of-modern-monetary-theory-is-a-recipe-for-disaster/2019/03/04/6ad88eec-3ea4-11e9-9361-301ffb5bd5e6_story.html? fbclid=IwAR36iJF2GB52tMd0HGmQjQHJ8TuQGHL33pRWXsV68SisBuhXtficJUvYgMg&noredirect=on

celui de l'hyperinflation… On rit alors au nez des plus pessimistes : ce phénomène a disparu. L'économie risque plutôt la déflation : c'est d'ailleurs ce que beaucoup craignent au début de l'épidémie de Covid. Les dettes explosent. Et contre toute attente, l'inflation va pourtant bel et bien faire son retour après la pandémie. Les économistes prônant la rigueur budgétaire tiennent là leur revanche : la remontée des taux d'intérêt met fin à la parenthèse enchantée de l'endettement sans fin.

L'histoire de la pensée économique sur la dette publique oscille donc entre deux visions. Pour certains, elle est un outil incontournable pour financer l'État. Aujourd'hui, elle permettrait de répondre aux défis du XXIe siècle, comme le réchauffement climatique. Pour d'autres, elle est une bombe à retardement, menaçant la stabilité économique et sociale… et pouvant conduire à une crise de la dette.

Une crise de la dette publique, c'est quoi ?

Poul Mathias Thomsen, Klaus Masuch, Matthias Mors : ces noms sont inconnus du grand public. Pourtant, ce Danois et ces deux Allemands ont été sous le feu des projecteurs entre 2010 et 2018… Ces technocrates représentaient la « *Troïka* », un mot russe qui désigne à l'origine un attelage de trois chevaux, et qui a été utilisé pour surnommer l'alliance composée du Fonds monétaire international, de la Banque centrale européenne et de la Commision européenne. Celle-ci avait été mise en place pour superviser les plans de sauvetage accordés aux pays de la zone euro qui étaient au cœur de la crise de la dette souveraine. Ces « hommes en noir » étaient surtout le pire cauchemar des Grecs qui ont dû, sous leur houlette, s'infliger une drastique cure d'austérité pour redonner confiance à leurs créanciers et recevoir une aide financière.

La Troïka est devenue le symbole d'une des pires mésaventures pour un État : se retrouver sous tutelle pour éviter la faillite à la suite d'une crise de la dette… Aléxis Tsipras, le leader du parti d'extrême gauche Syriza et chef du gouvernement à l'époque, s'en souvient très bien : il a dû, sous la pression des créanciers, relever de 62 à 67 ans l'âge de départ à la retraite en Grèce ! C'est comme si l'Insoumis Jean-Luc Mélenchon se retrouvait à repousser la retraite à 70 ans en France. Inimaginable ? Peut-être. Mais la mécanique infernale d'une crise de la dette conduit bien souvent à avaler des couleuvres.

Une crise de la dette survient lorsqu'un État ne peut plus rembourser ses échéances ou emprunter sur les marchés financiers. Les investisseurs, doutant de sa solvabilité, exigent des taux d'intérêt prohibitifs, ce qui alourdit encore la charge de la dette. Dans le pire des cas, l'État fait défaut, c'est-à-dire qu'il cesse de rembourser ses créanciers. Une crise de la dette peut survenir à cause d'une mauvaise gestion des finances publiques, d'un choc économique qui conduit à une diminution des recettes fiscales et une augmentation des dépenses, d'une instabilité politique, etc.

En faisant défaut, le pays se retrouve coupé des marchés financiers. Le gouvernement peut demander de l'aide au FMI. De longues négociations commencent alors, sur le montant de l'aide, la restructuration de la dette (les créanciers doivent souvent accepter des pertes) et les réformes nécessaires pour assainir les finances publiques. Dans le cas de l'Union européenne, Bruxelles peut également intervenir (aujourd'hui *via* le Mécanisme européen de stabilité)[12].

L'État ne va pas disparaître comme une entreprise qui a fait faillite. Mais les conséquences d'une crise de la dette ne sont jamais indolores... D'abord, car les marchés peuvent parfois être échaudés. Le jour où le pays revient chercher des financements, ils risquent de demander des taux élevés. De même, l'aide internationale est bien souvent conditionnée à la mise en place à toute vitesse de douloureuses mesures d'austérité. Les Grecs ont payé cher le prix de ce défaut de paiement. Aujourd'hui, le pays va mieux, mais le processus a duré plus d'une décennie, et les cicatrices économiques et sociales sont encore à vif.

---

12. Entré en vigueur en 2012, le MES a succédé au Fonds européen de stabilité financière (FESF) et au Mécanisme européen de stabilité financière (MESF). Il peut fournir une aide financière aux États qui se retrouveraient confrontés à un risque de crise de la dette. Pour accéder à cette aide, il faut respecter les critères du pacte de stabilité et les États doivent mettre en place des mesures d'ajustement.

L'Histoire regorge d'exemples[13], de l'Espagne qui détient le record mondial de défauts (14!), à l'Argentine en faillite chronique. Ce boulet que Buenos Aires se traîne, synonyme d'appauvrissement et d'inflation galopante, a fini par déboucher en 2023 sur l'élection de l'ultralibéral Javier Milei, adepte des coups de tronçonneuse dans la dépense publique. Plus près de nous, la crise de la dette en zone euro a montré à quel point l'endettement excessif peut fragiliser des économies entières.

La crise de la dette de la zone euro : une tragédie en plusieurs actes

Tout commence par une illusion, avec la naissance de l'euro en 1999. Les pays de la zone euro, désormais liés par une devise commune, empruntent à des taux historiquement bas : les investisseurs, confiants dans la solidité de l'euro, prêtent sans sourciller, même aux pays les plus fragiles économiquement. Mais, derrière cette façade de prospérité, des fissures apparaissent. La zone euro est une union monétaire non optimale. Contrairement à une monnaie nationale, l'euro agit pour les pays membres comme une devise étrangère, car les États ne contrôlent plus leur politique monétaire…

Les règles budgétaires de l'Union européenne, censées limiter les déficits, sont ignorées ou contournées. Elles ne

---

13. Carmen Reinhart et Kenneth Rogoff, *Cette fois, c'est différent. Huit siècles de folie financière*, Pearson, 2010.

sont pourtant pas là par hasard. Cela en surprendra plus d'un, mais c'est la France qui a inventé la règle des 3 % de déficit, en 1981, dans un couloir du Palais du Louvre, là où siégeait à l'époque le ministère des Finances. François Mitterrand, qui avait déjà ouvert grand les cordons de la bourse, cherchait alors une parade pour calmer les demandes de ses ministres… Un calcul de coin de table est alors fait par des hauts fonctionnaires. Ils prennent le PIB, le chiffre de 100 milliards de déficit et hop, ce sera 3 % !

Lors de la rédaction du traité de Maastricht, qui a fondé l'Union économique et monétaire et créé la zone euro, des règles budgétaires sont imaginées. Pourquoi ? Pour assurer la stabilité financière, prévenir les crises, favoriser la convergence économique entre pays et garantir la crédibilité de l'euro. Elles visent à protéger l'ensemble de la zone euro des risques liés à une gestion budgétaire irresponsable de la part d'un ou plusieurs pays membres. Le déficit de 3 % est repris et le plafond d'endettement de 60 % est choisi en conséquence : vu le taux de croissance de la fin des années 1980, on pouvait stabiliser la dette autour de 60 % avec un déficit de 3 %. Comme le raconte François Ecalle dans son ouvrage *Mécomptes publics*[14] : « Theodor Waigel, ministre des Finances allemand pendant toute la décennie, a plusieurs fois rappelé à son homologue français que 3,0 % du PIB, c'est *drei komma null*, c'est-à-dire "trois virgule zéro" et non "trois virgule

14. *Mécomptes publics. Conception et contrôle publics depuis 1980*, Odile Jacob, 2025.

un ou plus". Au cours de l'été 1995, il s'est inquiété de la capacité de la France à respecter les règles budgétaires du traité de Maastricht et a proposé qu'un "pacte de stabilité" précise et complète ces règles après la création de la zone euro. » Un pacte de stabilité qui reprend ces critères… mais qui ne suffira pas à prévenir la tempête.

Elle éclate à l'automne 2009 après une révélation explosive : le nouveau gouvernement grec annonce que le déficit budgétaire du pays, qui avait maquillé ses comptes, est bien plus élevé que prévu, atteignant 12,7 % du PIB (au lieu des 6 % annoncés). La confiance des marchés s'effondre. Les investisseurs, paniqués, commencent à douter de la capacité de la Grèce à rembourser sa dette. Les taux d'intérêt sur les obligations grecques s'envolent, rendant le refinancement de la dette impossible. La contagion gagne rapidement d'autres pays fragiles, surnommés les « PIIGS » (Portugal, Irlande, Italie, Grèce, Espagne). La zone euro vacille, les spéculateurs parient sur son effondrement. Les dirigeants européens, pris de court, tentent de rassurer les marchés, mais la méfiance s'installe.

Face au risque d'effondrement imminent, Bruxelles et le FMI interviennent en 2010 avec un premier plan de sauvetage de 110 milliards d'euros. Les conditions imposées, austérité budgétaire et réformes structurelles, provoquent des manifestations massives en Grèce. Le pays plonge dans une récession profonde. Pendant ce temps, l'Irlande, frappée par l'explosion de sa bulle immobilière, et le Portugal, étranglé par sa dette, demandent également de l'aide. Les plans de sauvetage se multiplient, mais les tensions montent entre les pays du Nord, qui financent ces aides, et ceux du Sud, accusés de mauvaise gestion…

C'est alors que Mario Draghi, président de la Banque centrale européenne, déclare : « La BCE fera tout ce qui est nécessaire pour préserver l'euro. Et croyez-moi, ce sera suffisant. » Ces mots calment temporairement les marchés. Mais les pays en difficulté sont obligés d'adopter des politiques d'austérité drastiques pour réduire leurs déficits. En Grèce, les salaires et les retraites sont rabotés, les impôts augmentent, et le chômage atteint des sommets. La population souffre, et la colère gronde. En 2015, Aléxis Tsipras arrive au pouvoir en promettant de mettre fin à l'austérité. Mais les négociations avec les créanciers tournent au bras de fer. La Grèce frôle la sortie de la zone euro – le fameux « Grexit » – avant de céder sous la pression et d'accepter un troisième plan de sauvetage. Ce moment marque le point culminant de la crise, mais aussi le début de son apaisement… La France a, quant à elle, échappé au pire. « Nous n'avons pas vu la banqueroute et la crise de près comme l'Espagne, l'Italie et les autres pays : c'est sans doute pour cela que nous avons été si peu lucides et si dépensiers depuis la crise », soupire l'ancien président de la Banque centrale européenne, le Français Jean-Claude Trichet. Nous sommes encore loin de la crise… Mais la probabilité qu'elle éclate ne fait qu'augmenter au fil des mois.

6

Et la dette française alors ?

Un « moment Liz Truss » : après la dissolution de l'Assemblée nationale en juin 2024, les observateurs de marché, qui surveillaient comme le lait sur le feu la situation de la France, n'avaient que cette expression à la bouche. La mise en place des programmes économiques *a priori* dispendieux du Nouveau Front populaire (NFP) ou du Rassemblement national (RN) pourrait-elle nous faire vivre la même mésaventure qu'ont connue nos voisins britanniques ? C'est en tout cas ce qu'ils semblaient craindre.

Petit retour en arrière. Nous sommes le 23 septembre 2022. L'ancienne cheffe de la diplomatie britannique, la conservatrice Liz Truss, a succédé au fantasque Boris Johnson, l'artisan du Brexit, au 10 Downing Street quelques jours plus tôt. Celle qui a parfois été comparée à la Dame de fer, Margaret Thatcher, présente son « mini-budget », censé doper la croissance et brider l'inflation qui approche des 10 %. En plus d'un paquet énergétique pour limiter la hausse des prix de l'énergie, des baisses massives d'impôts de 45 milliards de livres sont annoncées. Un tel allégement fiscal n'avait pas été mis en place depuis 1972 au pays de Shakespeare.

Le problème, c'est que ce plan n'est pas financé… Son coût, estimé entre 100 à 200 milliards de livres, devrait contraindre le Royaume-Uni à emprunter plus sur les marchés financiers. Résultat ? C'est la panique à bord ! Les investisseurs fuient. La livre sterling s'effondre à un point bas historique et les taux d'intérêt des obligations britanniques flambent. Même le Fonds monétaire international s'en mêle : « Compte tenu des pressions inflationnistes élevées dans de nombreux pays, y compris le Royaume-Uni, nous ne recommandons pas de programmes budgétaires importants et non ciblés à ce stade, car il est important que la politique budgétaire ne fonctionne pas à contre-courant de la politique monétaire. » Les fonds de pension britanniques sont dans la tourmente et la Banque d'Angleterre est obligée d'intervenir pour calmer les marchés financiers. Résultat de cet épisode catastrophique : le mini-budget est détricoté et Liz Truss démissionne au bout de seulement 44 jours ! Mais le pire est évité : le Royaume-Uni ne sombre pas dans la crise.

Cet épisode est venu rappeler une réalité brutale : même les États qui ont les reins plutôt solides ne sont pas à l'abri d'une crise de confiance si le politique se met à dérailler… Et aucun bord politique n'est à l'abri ! Pourtant, le ratio de dette sur PIB britannique n'était à l'époque pas si élevé (sous le seuil des 100 %). Bien loin en tout cas de celui de la France. La mesure du risque de crise ne peut donc pas se réduire à un chiffre magique. Surtout, il est possible de basculer du jour au lendemain dans un autre monde. Personne n'imaginait à l'époque une telle débandade… Cet avertissement venu de Londres est venu conforter le point de vue des pessimistes sur l'avenir de l'Hexagone.

Ont-ils raison ? Notre situation est-elle vraiment si problématique ? Les déboires britanniques ou grecs nous menacent-ils ? Les agences de notation et les marchés, qui exigent désormais que la France paie des taux d'intérêt équivalents, voire supérieurs, à ceux de l'Espagne ou du Portugal, commencent en tout cas à nous regarder avec plus d'inquiétude qu'auparavant. À Bruxelles et à Francfort, le cas français finit par franchement agacer. Mais il existe aussi des raisons de penser que nous pourrions encore continuer longtemps à suivre la voie d'un endettement exponentiel… Il suffit de regarder l'Italie ou le Japon, qui vivent avec une dette plus élevée que la nôtre.

Pour répondre à cette question si délicate et controversée, car elle a des implications importantes sur les choix politiques et économiques que nos gouvernants vont devoir faire, nous avons interrogé une série d'économistes, de hauts fonctionnaires et de spécialistes des finances publiques ou des marchés financiers pour leur demander d'analyser la situation française. Notre tour d'horizon n'est bien sûr pas exhaustif, et il existe sans doute d'autres points de vue. Mais grâce à ce panorama, nous espérons apporter à nos lecteurs des clés utiles dans leurs futures réflexions.

Une soutenabilité économique…

Revenons dans notre café du Marais avec Olivier Blanchard. Nous l'avions quitté sur l'explication de la formule « r – g » (r étant le taux d'intérêt et g le taux de croissance). Cet indicateur est clé pour apprécier ce que les économistes appellent la soutenabilité de la dette. Cette notion n'est pas forcément aisée à saisir. Si l'on se rapporte à la définition du dictionnaire de l'Académie française, est soutenable ce que l'on peut défendre, justifier, ou bien endurer, supporter. Il existe plusieurs définitions de la soutenabilité d'une dette publique. Pour certains économistes, il s'agit d'avoir un ratio d'endettement stable. Pour d'autres, est soutenable une dette publique qui n'est pas sur une trajectoire explosive. « Ce qui compte, c'est son évolution prévisible : si elle n'est pas sous contrôle, les marchés s'inquiètent », explique Olivier Blanchard.

Ce bref détour nous permet de comprendre pourquoi la formule « r – g » est importante. Cette différence entre le taux d'intérêt et le taux de croissance détermine l'évolution du rapport dette sur PIB. Si le solde primaire, c'est-à-dire le solde budgétaire hors paiement des intérêts, est nul – ce qui n'est pas le cas de la France, et constitue une deuxième raison de s'inquiéter, comme nous l'expliquerons dans quelques lignes –, et que le taux d'intérêt est supérieur au taux de croissance, alors le ratio dette sur PIB va augmenter. Pourquoi ? Car l'évolution des recettes fiscales ne sera pas suffisante pour compenser la hausse de la charge de la dette. Avec un « r – g » positif, il faut donc faire un effort, baisser les dépenses ou augmenter les impôts, si on souhaite stabiliser ou réduire l'endettement.

En revanche, si le taux de croissance est supérieur au taux d'intérêt, le ratio de dette en pourcentage du PIB diminue sans qu'il y ait besoin de faire le moindre effort. Magique ! Le « r – g » a eu tendance à baisser depuis les années 1990. Il est devenu négatif à l'époque bénie où les taux d'intérêt étaient au plancher, avant de remonter… Actuellement, il est proche de 0. Alors, tout va bien, non ? Pourquoi s'inquiéter ?

Pas si vite ! D'abord, il n'est pas sûr que cela soit encore le cas à l'avenir. Il suffirait d'une poussée de fièvre sur les taux d'intérêt, par exemple si les investisseurs commencent à franchement paniquer et à exiger des primes de risque de plus en plus importantes pour que l'équation devienne positive et que la dette de la France connaisse ce que les économistes appellent un « effet boule de neige », c'est-à-dire une situation où la dette croît de façon mécanique en s'auto-alimentant, comme une boule de neige incontrôlable qui dévalerait une pente… Une spirale dangereuse. Le deuxième bémol vient d'une des conditions du raisonnement : l'hypothèse d'un déficit primaire égal à zéro. Ce n'est absolument pas le cas de la France : il s'élevait à 3,8 % du PIB en 2024[1]. Résultat : la dette continue de progresser malgré un « r – g » proche de zéro… C'est cette incapacité de la France à montrer qu'elle peut maîtriser sa trajectoire d'endettement qui est aujourd'hui un des facteurs d'inquiétude. Nous sommes victimes de ce que les économistes nomment un « effet cliquet » : nous sommes incapables de revenir en arrière…

Mais la soutenabilité peut aussi s'évaluer avec d'autres critères. C'est notamment ce que défend Clara Léonard, la directrice générale et fondatrice du think tank Avant-garde. Cette économiste, qui a fait ses gammes dans une banque, puis au Trésor, maîtrise le sujet de la dette sur le bout des doigts : elle a consacré sa thèse à l'histoire des doctrines de la dette publique française entre 1918 et 1960. « Je ne pense pas qu'on soit aujourd'hui au bord de la faillite comme certains le disent, mais cela ne veut pas pour autant dire que la dette publique n'est pas un sujet », juge-t-elle.

---

1. https://fipeco.fr/commentaire/Les% 20finances% 20publiques% 20en% 202024

Pour Clara Léonard, le niveau de de la dette ne devrait par exemple pas être un sujet central. « Nous défendons une évaluation multifactorielle de la soutenabilité de la dette, et notamment l'utilisation de critères beaucoup plus qualitatifs », explique-t-elle, citant pêle-mêle : la qualité des institutions, les procédures budgétaires, la capacité à faire des réformes, la crédibilité du gouvernement et des dirigeants (n'est pas Raymond Poincaré ou Mario Draghi qui veut), la volonté de payer, la maturité de la dette, le type de créditeurs. Sur certains points, la France ne se débrouille pas trop mal. Sur d'autres, c'est un peu plus compliqué… Surtout, il est nécessaire pour Clara Léonard d'intégrer la question de la transition climatique à l'évaluation de la soutenabilité de la dette : « Il va falloir la financer, c'est une dépense existentielle, comme la Défense, sinon cela pourrait nous coûter bien plus cher dans l'avenir. »

Si Clara Léonard ne cède pas aux sirènes des alarmistes, elle estime tout de même nécessaire de montrer que la France souhaite revenir sur une trajectoire un peu plus soutenable. « La solution n'est pas de tout financer par dette, et il faudra peut-être trouver d'autres outils de financement pour les dépenses essentielles, comme la transition climatique », souligne-t-elle. Pas de catastrophisme donc, mais plutôt la recherche de solutions, et un appel à faire preuve de créativité.

… et une confiance politique

« Pour moi, le débat actuel au sujet de la dette publique ressemble à celui des années 1920 », analyse Éric Monnet. Lunettes rondes sur le nez, ce spécialiste de l'histoire économique, également lauréat du prix du meilleur Jeune économiste par le Cercle des économistes et le journal *Le Monde*, nous reçoit dans son bureau au sein de la Paris School of Economics (PSE). « À l'époque, comme aujourd'hui, la dette publique était politisée et chaque camp accusait l'autre de mauvaise gestion, poursuit-il. La plupart des tensions sur la dette dans l'Histoire ont été plus politiques que véritablement économiques. »

Petit retour en arrière. À l'époque, la France vient de sortir de la Première Guerre mondiale. La dette publique a explosé. Les déficits continuent de se creuser : il faut payer la reconstruction et l'indemnisation des populations, mais aussi un important service de la dette. Au départ, les réparations allemandes sont censées arriver et permettre de boucher le trou… En attendant, les déficits sont monétisés, l'inflation s'emballe et le franc dévisse. En 1924, le président du Conseil Raymond Poincaré, à la tête d'un gouvernement du Bloc national, une coalition qui regroupe le centre et la droite, et qui est au pouvoir depuis 1919, décide de redresser la situation. Il augmente massivement les impôts, mesure impopulaire… Une loi d'atteinte au crédit de l'État est également votée.

« La notion d'"atteinte au crédit de l'État" est ainsi forgée pour réunir sous un même terme une diversité de pratiques qui, sans être liées les unes aux autres, ont pour effet de jeter le doute sur la santé financière de la puissance publique. Les faits visés sont variés : manœuvres spéculatives contre le franc au début de 1924, visites de démarcheurs dans les campagnes, qui nuiraient à la réputation financière de l'État (mentionnées depuis 1922 dans les rapports des procureurs), campagnes politiques dénonçant la banqueroute et la faillite prochaine de l'État républicain, appels à ne pas souscrire aux emprunts. Les ministères de la Justice et des Finances insistent sur la nécessité de créer un arsenal répressif pour protéger l'ordre et le crédit publics : il s'agit d'éviter que la crise ne soit rendue plus grave encore par des déclarations pessimistes, des manœuvres spéculatives ou des agitations politiques », explique l'historien Nicolas Delalande dans un article[2].

Quelques mois plus tard, c'est le cartel des gauches, conduit par le radical Édouard Herriot qui prend les rênes du pouvoir, profitant du mécontentement à la suite des hausses massives d'impôts. Il décide de mettre les plus riches à contribution. Une mesure qui ne plaît pas au « mur d'argent », une expression forgée par ce normalien et désignant les milieux financiers. « Les marchés

---

2. Nicolas Delalande, « Protéger le crédit de l'État - Spéculation, confiance et souveraineté dans la France de l'entre-deux-guerres », in *Annales. Histoire, Sciences Sociales* 2016/1, 71e année, Éditions de l'EHESS.

préfèrent finalement la dette à un impôt qui désavantage les plus riches », constate Éric Monnet. Les capitaux fuient et la débâcle se poursuit : financer la dette devient un casse-tête. Finalement, le conservateur Poincaré revient aux affaires, dévalue, augmente les impôts, baisse les dépenses et annule une part de la dette détenue par la Banque de France. La France revient à l'étalon-or[3] et doit donc respecter à nouveau une certaine discipline budgétaire. C'est un peu comme si on mélangeait les programmes économiques de François Fillon et celui de Jean-Luc Mélenchon...

Avec ce petit retour dans le passé, Éric Monnet souhaite mettre en avant une idée : la dette ne devient selon lui jamais problématique pour des raisons économiques. Mais lorsque la confiance dans la politique menée disparaît : « Peu importe le niveau de dette : si les marchés pensent que l'État est bien géré, qu'il peut lever l'impôt et qu'il y a une maîtrise des dépenses, alors il n'y a pas de problème. Le rôle du politique est donc d'orienter les croyances des détenteurs de dette et de donner une image de bonne gestion. » Par exemple, dire : « Je suis à la tête d'un État qui est en situation de faillite sur le plan financier », comme l'a fait François Fillon en 2007 lorsqu'il

3. L'étalon-or est un système monétaire dans lequel la valeur d'une monnaie est directement liée à une quantité fixe d'or. Ce système était utilisé au XIXe et au début du XXe siècle, jusqu'à la Seconde Guerre mondiale. Après celle-ci, ce sont les accords de Bretton Woods (qui donnent au dollar un rôle central) qui ont régi le système monétaire international jusque dans les années 1970.

était Premier ministre, ne serait pas forcément une bonne idée !

La confiance dans la bonne gestion du gouvernement français s'est justement effritée en quelques mois en 2024 et peine depuis à se redresser. Tout commence par un premier dérapage sur le déficit de 2023, découvert par le grand public en mars 2024 : l'Insee annonce qu'il s'élève à 5,5 % du PIB, contre 4,9 % dans les prévisions de l'exécutif… La glissade était déjà importante. Mais elle l'a été encore plus en 2024 : au fur et à mesure des mois, le trou dans les comptes publics n'a cessé de se creuser pour s'élever finalement à 5,8 %, contre 4,4 % attendus dans la loi de finances ! Un dérapage phénoménal pour un pays qui n'est pas en crise… Pour se défendre, l'exécutif a souligné des erreurs techniques de prévisions dans les recettes. L'opposition a dénoncé l'insincérité du gouvernement ou critiqué la politique menée par Macron qui a conduit à une baisse des recettes. Des commissions d'enquête ont été mises en place au Sénat et à l'Assemblée nationale, tandis que l'exécutif a mis en place un comité d'experts pour l'aider à améliorer ses prévisions.

La suite de l'histoire est encore plus rocambolesque, avec une dissolution qui a ajouté une couche bien épaisse d'incertitude pendant plusieurs mois. La France aura-t-elle un budget à la fin de l'année ? Les députés se sont déchirés, une motion de censure a été votée… Nos finances publiques sont devenues en quelques mois un psychodrame qui a inquiété nos créanciers.

La tempête s'est quelque peu calmée avec le changement de Premier ministre et l'adoption d'un budget. Mais pour combien de temps ? La France, qui était considérée comme un pays solide, une grosse économie diversifiée, capable de lever facilement l'impôt, à l'abri des secousses, est-elle en train de se transformer en géant aux pieds d'argile ? La confiance n'est en tout cas plus la même aujourd'hui qu'hier. Les rebondissements politiques des prochains mois pourraient tout autant rétablir la confiance que la miner encore plus…

Les pessimistes : la crise qui vient

Consultant indépendant passé par la Banque mondiale, Norbert Gaillard est un spécialiste du risque souverain. Il rappelle qu'une note souveraine représente « la probabilité qu'un État n'ait pas la capacité ou la volonté de rembourser sa dette publique ». Incollable sur les défauts de paiement des États, il nous dessine une typologie de ces derniers : « Cela peut consister à ne pas payer une échéance, à restructurer la dette de façon unilatérale ou négociée (montant réduit, taux d'intérêt réduit et/ou durée de remboursement allongée), à répudier la dette, comme l'a fait le nouveau pouvoir soviétique en 1917. L'hyperinflation est également assimilable à un défaut de paiement. Mais certains défauts peuvent être plus baroques, comme celui de l'Argentine en 2014 qui ne pouvait plus payer les créanciers avec lesquels elle avait signé un accord de restructuration de dette car des créanciers récalcitrants l'avaient fait condamner par la justice américaine, ou comme la Russie qui a été coupée du système financier mondial en 2022 à la suite de l'invasion de l'Ukraine. »

Concernant la France, il a une crainte : « Il pourrait y avoir un défaut de paiement d'ici la fin de la décennie. » La raison ? Une instabilité politique comme celle qui a marqué la fin de 2024 et le début 2025, qui pousserait la France au défaut. « Si nous sommes incapables de prendre des mesures pour augmenter les recettes et réduire les dépenses, le risque est important car nos besoins de financement augmentent inexorablement », alerte-t-il. Surtout, Norbert Gaillard doute fortement d'un retour à des taux d'intérêt bas. Outre le risque de chocs économiques, financiers, géopolitiques ou sanitaires, il souligne le fait que la dette mondiale ne cesse de croître. Cela met en concurrence les pays pour attirer l'épargne des investisseurs, au point que celle-ci, bien qu'importante, pourrait se tarir…

Autre risque qui pourrait être à l'origine d'une tempête : celui de la dégradation de notre note à la catégorie « A » (qualité "moyenne supérieure") par les agences de notation, ce qui ne serait pas totalement incongru : nous sommes pour le moment surnotés au vu de nos performances économiques actuelles. « Si la note passe en catégorie A, cela pourrait mécaniquement réduire la demande pour les obligations françaises. Certains investisseurs institutionnels, comme des fonds, ont des règles strictes qui limitent ou interdisent la détention d'actifs en dessous d'un certain seuil. Pour les banques, cela augmenterait les exigences minimales de fonds propres. Nous observerions donc une hausse des taux d'intérêt exigés par les marchés, augmentant encore le coût de la dette publique et rendant encore plus difficile le retour à une trajectoire budgétaire soutenable… » nous explique l'économiste Éric Dor[4], directeur des études économiques à l'IESEG School of Management.

Ancien directeur du Trésor, gouverneur de la Banque de France, président de la Banque centrale européenne, Jean-Claude Trichet a été un observateur privilégié de la vie économique des cinquante dernières années. À Francfort, il a été au cœur de la tempête des dettes souveraines, essayant de stopper la spéculation qui déferlait contre les pays du Sud. Il se souvient très bien de l'état d'esprit qui précédait la crise ayant touché la Grèce, l'Italie, l'Espagne, le Portugal et l'Irlande : « Avant cette crise, les pays de la zone euro se croyaient invulnérables et une grande partie des observateurs et des investisseurs pensaient même qu'il était impossible qu'un État de l'union monétaire connaisse une crise de la dette. »

---

4. « Une dégradation de la note de la France serait logique », propos recueillis par Philippine Robert, publié le 14 mars 2025 sur lepoint.fr

Pour lui, ceux qui ne s'inquiètent pas du poids de la dette française ont bien tort. Déjà, l'augmentation de la prime de risque sur la dette française a des effets très concrets sur la vie quotidienne des entreprises ou des ménages. « Mais ce n'est rien à côté de ce qui se passe quand on est réellement en crise », prévient celui qui a bien vu les douloureuses conséquences des plans d'austérité mis en place en urgence pour assainir les finances publiques des pays touchés par la tornade des dettes souveraines.

« La France est à un point d'inflexion : ou bien elle prend les mesures nécessaires et arrête de donner sentiment qu'elle va continuer indéfiniment à dépenser plus qu'elle ne gagne sans se préoccuper de sa crédibilité, ou bien le pire arrivera, ce qui peut prendre plus ou moins de temps. Il y a néanmoins un élément un peu encourageant dans cette situation très difficile : le discours du gouvernement a changé et la conversation nationale ne pratique plus systématiquement le déni de la dette », analyse Jean-Claude Trichet. L'ancien banquier central ne croit pas du tout à l'idée selon laquelle la dette française bénéficierait de caractéristiques qui la mettent à l'abri. « La France n'a pas de spécificités qui la protègent d'une crise financière, contrairement à certaines croyances. Elle aura l'avenir, heureux ou malheureux, qu'elle aura su construire elle-même », prédit-il, sans concessions.

L'ancien directeur de l'AFT, Anthony Requin, est tout aussi circonspect : « Pour l'instant, la situation n'est pas encore trop grave. Sur le temps long ; nous conservons une excellente signature, la meilleure du monde occidental si l'on remonte à la fin du XVIIIe siècle. Mais, depuis le début des années 2000, nous n'avons jamais prouvé que nous pouvions redescendre la pente : il faudrait au moins qu'on arrive à montrer aux agences de notation et aux investisseurs pendant quatre ou cinq ans qu'on peut maîtriser notre dette, infléchir notre ratio de dette rapporté au PIB, afin de regagner en crédibilité et ne pas courir à la catastrophe. En matière de dépenses publiques et de déficit, la France est vue par certains comme un alcoolique qui dit qu'il va arrêter de boire, mais ne le fait jamais. »

Ce qui nous sauve pour l'instant ? « La dette française est bien marketée et c'est un produit recherché. Quand un investisseur veut une dette en euros liquide et qui présente un bon équilibre entre rendement et sécurité, il se tourne assez naturellement vers la dette française car la dette italienne est encore perçue comme plus risquée et la dette allemande ne paie pas », nous confiait il y a quelques mois un dirigeant d'agence de notation. Mais ces atouts ne sont pas éternels… « Si nous n'infléchissons pas notre trajectoire, et que nous venons à subir d'autres dégradations de notation, les investisseurs pourraient progressivement se détourner et nous remplacer un jour par exemple par de la dette espagnole qu'ils pourraient juger comme présentant un meilleur profil risque/rendement/liquidité », estime Anthony Requin.

Explosion ?

Lorsqu'on parle du sujet de la dette publique, François Ecalle, qui a fait carrière à Bercy et à la Cour des comptes avant de devenir l'expert des finances publiques que tout le monde s'arrache, n'aime pas qu'on crie au loup. Sur le sujet, il se méfie plus que tout du catastrophisme qui conduit à anesthésier une opinion publique qui constate, à raison, que la dette a continué à augmenter sans que cela provoque de remous. « Oui, il y a un mur devant nous, mais on ne sait pas à quelle distance il se trouve : la situation actuelle peut encore durer très longtemps », nous confie-t-il. « Notre dette n'est pas soutenable car nous ne sommes pas capables de la stabiliser, mais, pour le moment, ce n'est pas un problème pour la simple et bonne raison que les marchés pensent que la Banque centrale européenne sera toujours là pour empêcher un défaut de paiement de la France », explique-t-il.

Notre avenir repose en effet entre les mains de Christine Lagarde et des banquiers centraux de la zone euro, qui se réunissent habituellement deux fois par mois au 41e étage de ce gratte-ciel composé de deux tours torsadées à Francfort. Depuis la crise des dettes souveraines et le fameux « *whatever it takes* » de Mario Draghi, l'institution est considérée comme la sauveuse de la zone euro et la garante de son intégrité. Elle l'a d'ailleurs prouvé à nouveau pendant la crise du

Covid pour aider les États à faire pleuvoir des dépenses maintenant leurs économies à flot.

L'institution peut utiliser plusieurs outils pour aider un pays pris dans la tempête d'une crise de la dette et qui se mettrait à couler. Il y a bien sûr l'OMT, le bazooka dont nous avons parlé, jamais utilisé : il permet à la banque centrale de racheter un montant illimité d'obligations souveraines, sous réserve d'avoir demandé au Mécanisme européen de stabilité (MES) une assistance, soumise au respect de critères budgétaires. Ou encore le *Transmission Protection Instrument* (TPI), créée par Christine Lagarde en 2022, plus souple et rapide à activer que l'OMT, qui est également resté dans les placards de la BCE ; il permet d'acheter des titres financiers dans des pays qui connaîtraient des dégradations de leurs modalités de financement sur les marchés qui ne seraient pas justifiées par leurs fondamentaux économiques. Là encore, ce n'est pas *open bar* : il faut respecter un certain nombre de conditions, comme ne pas être en procédure de déficit excessif, pour y avoir accès. Mais les textes laissent tout de même une marge d'interprétation assez grande à l'appréciation de la banque centrale.

Le problème, c'est que la Banque centrale européenne se retrouverait confrontée à un véritable dilemme. D'un côté, la France est *too big to fail* : ne pas intervenir rapidement pour l'aider pourrait contaminer les autres pays, et le spectre de l'explosion de la zone euro reviendrait nous hanter. De l'autre, la BCE ne peut pas non plus laisser penser que les États de la zone euro ont un chèque en blanc et qu'ils peuvent dépenser à tout va sans se préoccuper de leur dette car elle sera toujours là… Les banquiers centraux les plus durs, les faucons[5], risqueraient en tout cas de freiner des quatre fers. « Ils seraient trop contents de nous voir enfin mordre la poussière », soupire un haut fonctionnaire.

Pour François Ecalle, le plus gros danger serait le ras-le-bol des pays frugaux. La BCE pourrait certes nous sauver d'une crise de la dette. « Mais à un moment ou à un autre, la population d'un pays du Nord peut en avoir marre de faire des efforts pour la France, et elle pourrait exiger une sortie du pays de la zone euro, ce qui provoquerait son explosion de l'union monétaire », estime-t-il. Une situation qui ne serait pas économiquement indolore. À long terme, la France retrouverait certes la maîtrise de sa politiquc monétaire, mais elle ne pourrait plus se planquer derrière le parapluie des pays les plus vertueux…

La dette qui ronge notre prospérité

Le professeur Jean-Charles Rochet est spécialiste de finance. Il a notamment travaillé sur la question de la

5. Les faucons sont les banquiers centraux qui privilégient la lutte contre l'inflation et sont donc en faveur d'une politique monétaire plus stricte, tandis que les colombes sont ceux qui sont plus souples car ils se préoccupent plus de la croissance.

soutenabilité de la dette. « L'environnement économique a changé et ce qui était soutenable avant ne l'est plus aujourd'hui à cause de la hausse des taux, mais aussi de l'instabilité politique : avant, la France était considérée comme un pays qui avait certes un déficit structurel, mais elle renvoyait l'image d'un État solide, ce qui n'est plus le cas aujourd'hui », analyse-t-il.

Pourtant, le risque de crise de la dette ne l'effraie pas à court terme : « Pour l'instant, on bénéficie encore d'un certain crédit qui permet d'éviter ce risque. » Ce qui l'inquiète le plus, c'est la perte de marge de manœuvre. « Le risque, c'est que la charge de la dette continue d'augmenter, ce qui va accroître le déficit, et ainsi de suite », précise-t-il. C'est aussi ce qui angoisse aussi la Cour des comptes. Dans un rapport publié début février 2025, l'organisme table sur une charge de la dette de 112 milliards d'euros à horizon 2029. Un risque que Pierre Moscovici souligne depuis plusieurs années. « D'abord, l'action publique est ralentie. Puis elle est paralysée. Enfin, elle est étranglée », nous confiait-il fin 2024[6]. Une épine dans le pied que l'on a bien vu ces derniers mois. Face à la montée des risques géopolitiques, le financement de l'effort de guerre est devenu un casse-tête pour Bercy. Et qu'importe le parti qui prendra les rênes du pouvoir en 2027 : son action politique risque d'être annihilée par le poids de notre

6. "Le roman noir de la dette : de la glissade de Giscard à la cagnotte de Chirac", Philippine Robert, publié sur lepoint.fr le 15 janvier 2024

endettement… En plus de nous priver de notre souveraineté, la dette publique nous lie les mains.

Professeur agrégé des universités en Sciences Économiques et chroniqueur au *Point*, François Facchini n'est pas un grand défenseur de la dette : « La dette publique est fondamentalement immorale, surtout dans une société de contrat social : elle oblige les générations futures à payer pour des décisions auxquelles elles n'ont pas consenti. De plus, la croissance de la dette provoque des inégalités : elle enrichit les marchés financiers, alors que ce sont les plus pauvres qui seront touchés si une crise se déclare, comme nous l'avons vu en Argentine. »

Celle-ci pourrait d'ailleurs se rapprocher… Avec la guerre commerciale et l'affaiblissement à venir de la croissance mondiale, « notre endettement devient de plus en plus une fragilité », s'inquiète-t-il. Il cite le dernier ouvrage de l'économiste américain Kenneth Rogoff *Our Dollar, Your Problem*[7], qui estime que le retour de l'inflation et la normalisation des taux deviendront le nouveau régime de croisière… Un danger pour l'Hexagone. « D'ailleurs, si la France n'avait pas été protégée par la monnaie commune, et donc les pays qui respectent les critères de convergence, les marchés auraient sanctionné la politique d'Emmanuel Macron comme ils l'ont fait avec Liz Truss », estime François Facchini.

7. Yale University Press, 2025.

Mais le risque de crise n'est pas le seul danger d'un endettement excessif selon lui : la dette est un poison qui mine notre croissance, notamment car elle est le reflet de dépenses publiques bien trop importantes. « C'est comme un goutte-à-goutte qui ronge peu à peu notre prospérité : au-delà d'un certain seuil, qui se situe selon moi aux alentours de 80 % du PIB, la dépense publique a un effet négatif sur la croissance car elle est improductive », souligne-t-il. Selon lui, cette dépense publique en surpoids encourage à l'inactivité et oblige à ponctionner plus d'argent que l'on n'en redistribue. « Pour une dépense exceptionnelle, comme la guerre ou une crise sanitaire, on peut utiliser la dette, mais pour que cela fonctionne, il faut que l'on finance les dépenses régulières par de l'impôt, ce qui n'est pas le cas aujourd'hui en France », ajoute-t-il.

La dette peut avoir un autre effet négatif sur la croissance. Il y a quelques mois, un haut fonctionnaire, plutôt de gauche, nous confiait : « On est arrivé au point où l'inquiétude sur la situation de nos finances publiques pèse sur la croissance elle-même : les acteurs économiques préfèrent épargner ou reporter leurs investissements car ils pensent que l'avenir sera difficile. » De plus, « la croissance de notre taux d'endettement s'est faite sans gain de croissance du PIB par habitant, contrairement à ce qu'ont connu d'autres pays de la zone. Donc ce surcroît de dette n'a pas été productif », décortique Olivier Klein, professeur à HEC et directeur général de Lazard Frères

Banque[8]. « Immoralité et inefficience, si en plus la dette finance des dépenses publiques improductives, c'est la triple peine », ajoute François Facchini.

Les optimistes : la dette n'est pas un problème, et elle est utile

François Geerolf est un économiste plutôt iconoclaste. Ce polytechnicien de formation, économiste à l'OFCE (Observatoire français des conjonctures économiques), est un keynésien qui aime dire qu'il ne « cherche à faire plaisir ni à gauche ni à droite ». Sur la dette, il a aussi une position qui se démarque aujourd'hui. Selon lui, la dette publique française n'est pas du tout un problème et pourrait s'élever encore bien plus haut ! Jusqu'où ? lui demande-t-on. « Pourquoi pas 200 % du PIB ? Ça ne m'empêcherait pas de dormir ! [...] C'est pour cela que je ne trouve pas cela si utile de taxer les riches », sourit-il.

Ce spécialiste de macroéconomie et de finances a publié avec l'économiste Pierre Jacquet en 2021 un article intitulé « La dette publique est-elle un problème[9] ? », dans lequel ils balaient la plupart des arguments des pessimistes. Pour lui, la dette est un outil utile. « Elle absorbe l'épargne privée en excès », observe-t-il.

8. « Dette : un scandale français », par Emmanuel Berretta, Clara Dealberto, François Miguet et Philippine Robert, publié sur *lepoint.fr* le 3 octobre 2024.

9. Politique étrangère, 2021/2 Été.

Il vaut mieux qu'elle soit utilisée pour financer des dépenses publiques plutôt que des actifs surévalués, comme l'immobilier ou les cryptomonnaies. » Cette importante épargne des ménages français est d'ailleurs notre garde-fou, selon lui : si vraiment la situation dégénérait, le gouvernement pourrait toujours la ponctionner. Cette possibilité devrait selon lui rassurer les investisseurs, les dissuader d'attaquer la dette française et éloigner le risque que le gouvernement ait besoin de le faire. « Et dans le pire des cas, le gouvernement pourrait flécher l'épargne vers la dette publique », ajoute-t-il. En attendant, *keep cool* !

Autre argument balayé : celui de la perte de marge de manœuvre induite par la hausse de la charge d'intérêt. Si on la corrige de l'inflation, nous sommes toujours gagnants. « Ceux qui ont emprunté pour s'acheter un logement dans les années 1970 ou 1980 ont aussi déboursé de l'argent pour honorer les échéances de leurs emprunts. Et pourtant, du fait de l'inflation, ces emprunts ne leur ont rien coûté… Il faut prendre conscience qu'il y a une sorte d'impôt invisible que les économistes appellent la "taxe inflationniste". Comptablement, elle n'est pas prise en compte dans les budgets mais elle existe bel et bien – et ceux qui la subissent sont les détenteurs d'obligations ou de LivretA. Vous croyez que vous gagnez 2,5 % sur votre Livret A, mais ce n'est pas vrai : si l'inflation est de 2 %, vous ne touchez que 0,5 %. Inversement, quand vous êtes endettés, l'inflation vous favorise », a-t-il explicité dans une interview au *Monde*[10].

La dette pour financer un déficit n'est donc pas un problème… Mais François Geerolf n'ouvre pas non plus la porte à un financement qui reposerait entièrement sur de l'endettement. Il estime que la dette doit financer des dépenses « économiquement et socialement productives[11] » : « J'étais l'un des rares économistes à critiquer les aides que je jugeais trop généreuses pendant le Covid, un discours qui a étonné beaucoup de monde ! »

Et pour cela, il faut aller au-delà de la simple dichotomie entre dépenses d'investissement et dépenses de fonctionnement. « La meilleure contrainte résulte de la combinaison du jugement collectif et du débat structuré d'une part, de l'évaluation (*ex ante* et *ex post*) des politiques publiques d'autre part – à condition que cette démarche d'évaluation, essentielle, ne s'arrête pas au déterminisme du calcul économique et le complète par l'exercice analytique du jugement prospectif. On peut affecter l'emprunt public à un certain nombre de dépenses d'avenir considérées comme prioritaires, à condition que ces dépenses soient ouvertes au débat, fondées sur des évaluations sérieuses et mises à jour régulièrement par le Parlement », écrit-il dans son article avec Pierre Jacquet.

10. « La dette publique est-elle vraiment alarmante ? L'avis contrasté de deux experts, François Ecalle et François Geerolf », publié sur *lemonde.fr* le 10 janvier 2025.

11. « La dette publique est-elle un problème ? », François Geerolf et Pierre Jacquet.

Pour François Geerolf, le débat sur la dette publique serait également nocif car il masque les priorités : « La question importante pour moi, ce n'est pas tellement comment on va réduire la dette publique, ça c'est voir l'économie par le petit bout de la lorgnette, c'est plutôt comment on fait pour avoir une industrie demain qui est prospère, comment on fait pour que nos ingénieurs restent en France plutôt que de partir dans la Silicon Valley ? Avec nos contraintes budgétaires, on s'empêche de faire plein de choses que les États-Unis ou la Chine n'hésitent pas à faire. » Si vous trouviez notre ouvrage un peu anxiogène, voilà une position qui devrait vous redonner un peu le moral. Le seul moment où la dette pourrait devenir un problème selon François Geerolf ? « Si l'épargne privée devenait rare : ce n'est absolument pas le cas pour le moment, car les riches se sont enrichis (notamment suite à certaines baisses d'impôts… qui ont creusé la dette publique !) et la population vieillit. »

Co-fondateur de l'Observatoire français des conjonctures économiques (OFCE) et des Économistes atterrés[12], Henri Sterdyniak ne sombre pas non plus dans le catastrophisme. Au contraire ! « Les dettes publiques sont nécessaires pour deux raisons. Tout d'abord, le capitalisme financier a provoqué un déficit structurel de demande, qui a rendu nécessaire le gonflement de la dette publique. Ensuite, nous avons une dette importante, tout

12. Une association réunissant des économistes dits hétérodoxes, qui s'opposent aux économistes dits orthodoxes et *mainstream*.

simplement car beaucoup de personnes veulent détenir cet actif liquide et sans risque. »

Pour ce keynésien, la dette publique n'est pas un danger, mais un outil utile, qui joue un rôle de stabilisateur. La dépense publique vient se substituer à l'anémie de la demande et assurer un fonctionnement correct de l'économie. En l'éradiquant, nous risquerions de faire flancher l'activité... Une hausse des impôts ou une baisse des dépenses ont en effet de fortes chances d'avoir un effet récessionniste et d'assombrir notre horizon à court terme. Cela dit, Henri Sterdyniak note tout de même une limite : « Si les Français se mettent à dépenser leur épargne, il faudra alors réduire les déficits car cela pourrait provoquer un excès de demande, donc de l'inflation. »

* * *

La dette publique française est-elle un problème ? La réponse n'est ni simple ni univoque. Elle dépend d'un enchevêtrement de facteurs qui rendent toute prédiction incertaine.

Mais une chose est sûre : nous sommes plus proches du tournant aujourd'hui que nous ne l'étions hier. Nous ne sommes pas au bord de la faillite... mais l'immobilité pourrait nous y conduire. Le temps où l'on pouvait repousser les décisions difficiles est révolu. La confiance s'effrite. L'Hexagone, autrefois perçue comme un roc, risque de devenir un géant aux pieds d'argile, vulnérable à la moindre secousse. Le défi est immense et les conséquences d'un échec pourraient être dramatiques. Une crise budgétaire, une explosion des taux d'intérêt, une perte de souveraineté économique, voire un éclatement de la zone euro : ces scénarios, encore improbables, deviendront possibles si nous continuons dans la même direction. Cela dit, nous ne pouvons pas nous lancer à corps perdus dans une réduction drastique et rapide de l'endettement. Les effets récessionnistes seraient sans doute bien trop terribles.

7

Quelles sont les solutions ?

« Nous étions au même niveau que la Grèce. C'était une compagnie gênante. » Ces mots de Per Molander, l'un des architectes des réformes suédoises des années 1990, illustrent à merveille l'ampleur de la crise qui a frappé la Suède à cette époque. Avec un déficit public atteignant 12 % du PIB, une dette culminant à 85 % du PIB et un chômage multiplié par trois, le pays, autrefois perçu comme un modèle de stabilité, a vu son économie vaciller à la suite de l'explosion d'une bulle immobilière et d'une crise bancaire. « Ce n'était pas une crise causée par des facteurs externes, mais par nos propres choix : une gestion bancaire imprudente, des réformes fiscales mal calibrées et un système budgétaire dysfonctionnel », nous explique ce haut fonctionnaire suédois.

Pourtant, Stockholm a réussi à redresser la barre. Ce choc a été le point de départ d'une série de réformes profondes et ambitieuses, soutenues par un large consensus politique, qui a émergé grâce à une « conscience aiguë de la crise ». Parmi elles, une ambitieuse réforme des retraites, une réorientation du modèle de croissance vers les exportations et la mise en place d'un cadre budgétaire strict avec des plafonds de dépenses pluriannuels. « Nous avons établi des principes clairs : chaque décision budgétaire devait refléter les objectifs financiers globaux, et les parlementaires devaient être pleinement engagés dans le processus », raconte Per Molander.

Une leçon d'espoir pour la France ? La Suède n'est pas le seul pays à avoir réussi à se sortir du piège de la dette. Canada, Grèce, Pays-Bas… Les exemples sont nombreux, et prouvent que la situation n'est jamais totalement désespérée. Mais que faire exactement ? Dans le débat public, de nombreuses solutions s'affrontent aujourd'hui. Nous allons les passer en revue et évaluer leurs avantages et leurs inconvénients.

Solution nº 1 : ne rien faire (ou presque)

C'est la solution de l'inaction, ou plutôt de l'attentisme. Ce pari sur l'avenir consiste à laisser la dette publique évoluer naturellement, sans prendre de mesures drastiques. Les partisans de cette approche peuvent miser sur plusieurs hypothèses : une capacité à s'endetter à l'infini, une accélération brutale de la croissance, une inflation vigoureuse qui viendrait éroder la valeur réelle de la dette ou au contraire le retour de taux d'intérêt au plancher.

L'avantage de cette solution est évident : elle évite les mesures d'austérité qui pourraient brider l'activité économique ou provoquer des tensions sociales. Il n'y a donc pas de coût politique à court terme. Mais l'inconvénient est tout aussi clair : le pari n'est pas sûr d'être gagné (surtout si l'endettement sert à financer des dépenses inutiles ou peu productives) et le risque de crise de la dette reste omniprésent. Une perte de confiance des marchés pourrait entraîner une hausse des taux d'intérêt, rendant la dette encore plus difficile à financer. Autre risque : reporter le problème sur les générations futures. Cela dit, même les économistes qui ne s'inquiètent pas de la dette publique aujourd'hui recommandent de ne pas dépenser pour tout et n'importe quoi. Laisser la dette filer sans contrôle n'exonère donc pas d'un débat sur nos dépenses publiques et nos prélèvements obligatoires.

Solution n° 2 : annuler ou restructurer la dette

Pourquoi devrions-nous payer notre dette ? Cette question peut paraître provocante… Et pourtant ! Comme l'écrit David Graeber, dans son ouvrage, *Dette : 5 000 ans d'histoire*, les annulations de dette (c'est-à-dire que l'ardoise a été effacée, totalement ou partiellement, de manière unilatérale ou négociée) ont été monnaie courante dans l'Histoire. Au moment de la crise des *subprimes*, l'idée d'annuler la dette illégitime contractée pour sauver les banques était réclamée par certains. Restructurer une dette consiste à la rendre plus soutenable en modifiant ses caractéristiques. Cela peut passer par la réduction du principal, la baisse des taux d'intérêt, ou l'allongement des délais de remboursement par exemple.

Solutions radicales, l'annulation et la restructuration s'avèrent parfois nécessaires quand un État est pris dans une spirale dont il ne peut pas sortir. Par exemple, en 1953, une partie de la dette de la République fédérale allemande a été annulée. Lors de la crise des dettes souveraines, la Grèce a pu aussi négocier une décote de la valeur des obligations de ses créanciers. Dans les années 2000, des initiatives, comme l'Initiative en faveur des pays pauvres très endettés (PPTE), ont également permis d'effacer une partie des dettes des pays les plus pauvres.

Cette médecine permet de soulager instantanément les finances publiques, de repartir d'une situation plus saine et d'éviter une crise encore plus terrible. Mais elle n'est pas non plus sans inconvénients. L'annulation ou la restructuration de la dette peut gravement entamer la réputation d'un État sur les marchés financiers – il peut même être exclu pendant un temps plus ou moins long. Les investisseurs, échaudés par le risque de défaut, peuvent exiger des taux d'intérêt plus élevés à l'avenir ou refuser de prêter à nouveau. Elle se fait également au détriment des créanciers, en les spoliant de leurs droits, et peut fragiliser le système financier. Ces deux solutions sont donc à envisager en dernier recours pour éviter une crise grave.

Certains économistes et politiques proposent quant à eux d'annuler la part de la dette détenue par la Banque centrale européenne (BCE), celle-ci détenant environ un quart de la dette française, ce qui ferait donc baisser le ratio. Ils font notamment valoir le fait que la BCE n'est pas un créancier comme les autres. C'est vrai. Elle peut théoriquement annuler la dette sans subir de pertes directes, car elle peut créer de la monnaie. Une solution qui paraît magique, mais qui est loin de faire consensus. Dans une note, l'économiste Agnès Bénassy-Quéré, qui était à l'époque de sa rédaction cheffe économiste de l'administration du Trésor, explique que ce n'est « ni légal, ni utile, ni souhaitable[1] ». D'abord, car cela serait contraire aux traités européens et risquerait de provoquer une pagaille monstre. Ensuite, car l'annulation de la dette ne changerait pas la situation nette de l'État, puisque la BCE appartient aux États membres. Les marchés financiers ne seraient d'ailleurs pas dupes d'une telle opération, qui pourrait nuire à la crédibilité des

1. Annuler la dette détenue par la BCE, est-ce légal ? Utile ? Souhaitable ?, Agnès Bénassy-Quéré, publié sur www.tresor.economie.gouv.fr

États. Enfin, elle pourrait affaiblir la capacité de la BCE à contrôler l'inflation à l'avenir.

Solution n° 3 : utiliser l'arme de l'inflation

L'inflation a longtemps été un allié discret des États endettés. Après les deux guerres mondiales, elle a permis de réduire le poids des dettes contractées pendant les conflits. En augmentant le PIB nominal et les recettes fiscales, elle allège mécaniquement le ratio dette/PIB.

Cela dit, cette solution paraît un peu chimérique. D'abord, car l'inflation ne se décrète pas (surtout avec une banque centrale indépendante qui fera tout pour maintenir l'inflation à 2 %), et qu'une fois enclenchée, elle peut être très difficile à contrôler. Ensuite, son impact négatif sur le pouvoir d'achat risque de provoquer des remous… et la signature de chèques aux entreprises et ménages pour contrer l'effet négatif de la hausse des prix – c'est ce qui s'est passé en 2022 et 2023 ! Une inflation déclenchée à dessein pourrait même être considérée comme une sorte de défaut de paiement par les agences, car destinée à spolier les épargnants. Le gouvernement perdrait en crédibilité et les marchés pourraient exiger des taux plus élevés.

Par ailleurs, cette solution fonctionne quand les agents économiques ne s'y attendent pas, et à court terme, car la hausse des taux d'intérêt peut effacer le bénéfice.

Solution n° 4 : booster la croissance

La solution préférée de nos politiques ! Elle a l'avantage d'être économiquement intéressante et électoralement vendeuse. En stimulant l'économie, on augmente les recettes fiscales, le produit intérieur brut, et on réduit donc le poids relatif de la dette. Le but est de créer un cercle vertueux. Plusieurs leviers peuvent être utilisés comme les investissements qui ont un effet multiplicateur (chers à nos amis keynésiens), la relance par la demande, le soutien à l'innovation ou des réformes structurelles pour améliorer la compétitivité des entreprises ou flexibiliser le marché du travail. Cette approche comporte plusieurs limites. D'abord, les investissements ou le soutien à l'innovation peuvent coûter cher et alourdir au départ le poids de la dette. La relance par la demande peut s'avérer moins efficace dans une économie ouverte, car elle augmente les importations : ce sont donc nos partenaires commerciaux qui en profitent… Les réformes structurelles peuvent s'avérer impopulaires. Ensuite, les résultats sont loin d'être garantis à court terme. Et il suffit d'une crise (comme le Covid en 2020 !) pour balayer la stratégie initiale…

Solution n° 5 : monétiser la dette

Et pourquoi pas des programmes d'assouplissement quantitatifs permanents ? La BCE pourrait continuer à acheter des actifs sur les marchés pour aider les États à s'endetter en réduisant les coûts d'emprunt. Pourquoi réserver cette option aux situations de crise ? Le financement de la transition écologique ne serait alors plus un problème. La solution fait débat parmi les économistes. Certains veulent même aller plus loin et revenir à la bonne vieille planche à billets et au financement direct ! Outre le fait que jamais nos voisins allemands n'accepteront une telle idée, le risque est celui d'un retour de l'inflation… Il faudrait envisager une sortie de la zone euro, ce qui serait sans doute aussi douloureux économiquement qu'une crise de la dette, pour mettre en place un financement direct des déficits.

Le QE (*Quantitative easing*), quant à lui, n'a été accepté que parce qu'il était temporaire. Il n'est d'ailleurs pas exempt d'effets secondaires : il a favorisé la formation de bulles spéculatives sur les marchés, et creusé les inégalités en dopant le prix des actifs.

Solution n° 6 : ne plus se financer sur les marchés et/ou obliger les Français à détenir de la dette

Comme nous l'avons vu dans un précédent chapitre, l'État français ne s'est pas toujours financé sur les marchés financiers – au sortir de la Seconde Guerre mondiale, il se finançait *via* le circuit du Trésor. Certains plaident pour un retour de ce mécanisme de financement, que l'on pouvait assimiler à une forme de « répression financière », c'est-à-dire un concept plus global qui désigne des outils de financement qui contraignent les acteurs économiques à financer l'État. Par exemple, en obligeant les banques et les assurances à détenir une part importante de dette publique dans leurs portefeuilles, ou en limitant les flux de capitaux à l'étranger. Autre solution, inciter les Français à détenir plus de dette publique, par exemple *via* des avantages fiscaux. Si ces deux modalités sont un peu différentes, elles ont pour but de rendre la dette publique française moins dépendante du marché et de reconquérir une forme de souveraineté.

La première option paraît assez utopiste. Le circuit du Trésor a été créé dans un contexte particulier (d'abord le régime de Vichy, puis la reconstruction) pour pallier un manque de capitaux. Il a été peu à peu abandonné à cause de certains effets négatifs (financement surtout à court terme, risque inflationniste, effet d'éviction qui limitait l'investissement du secteur privé, etc.), mais aussi car l'État planificateur et interventionniste s'est converti à l'économie de marché. Il faudrait donc faire totalement machine arrière. « C'était un choix politique d'émettre la dette sur "les marchés", et se soumettre totalement à leurs humeurs et leurs volontés : on pourrait d'un point de vue purement technique décider de remettre en place quelque chose qui ressemblerait au circuit du Trésor. Mais vue l'ambiance actuelle ça ne me paraît vraiment pas envisageable politiquement – en plus d'être un peu vintage –, et ce serait considéré comme un interventionnisme insupportable. En revanche l'intervention des États sur la dette publique pour aider à son financement prend aujourd'hui d'autres formes plus hybrides, comme des ratios prudentiels », estime François Geerolf. Inciter les Français à détenir de la dette *via* des avantages fiscaux semble plus réaliste et nous rendrait un peu de souveraineté, mais cela pourrait augmenter le coût de notre endettement.

Solution n° 7 : s'endetter autrement, dettes perpétuelles et eurobonds

Et si on faisait preuve d'un peu de créativité ? Certains imaginent que la France pourrait à nouveau émettre de la dette perpétuelle. L'avantage est que l'État n'a jamais à rembourser le principal, seulement les intérêts, qui sont fixes et prévisibles. Cela peut donc être assez intéressant si les taux sont bas. Il ne peut donc pas être confronté à un problème de refinancement. Mais le paiement à vie des intérêts peut coûter cher et ces dettes perpétuelles n'intéressent pas forcément les investisseurs qui préfèrent des titres de dette plus simples et liquides. C'est d'ailleurs pour cela que cette forme d'endettement est tombée en désuétude.

Et si la solution à la dette publique française se trouvait au niveau européen ? L'idée d'un endettement mutualisé, souvent évoquée sous le terme d' « eurobonds », a longtemps été un sujet de débat dans l'Union européenne. Elle repose sur un principe simple mais audacieux : permettre aux États membres de s'endetter collectivement, en émettant des obligations garanties par l'ensemble des pays. Pour faire face à la pandémie de Covid, l'UE a d'ailleurs utilisé cet outil, en émettant une dette commune à hauteur de 750 milliards d'euros. Ce plan, baptisé « *Next Generation EU* », a marqué un tournant historique. Il a permis de mutualiser une partie des coûts de la crise, tout en offrant des conditions d'emprunt avantageuses grâce à la solidité financière de l'Union. Mais l'Allemagne ou les Pays-Bas ne veulent pas généraliser ce mécanisme, de peur de voir les autres pays laisser leurs finances publiques dériver.

Solution n° 8 : augmenter les impôts ou baisser les dépenses

Ce n'est pas séduisant. Cela ne ressemble pas à un coup de baguette magique. C'est impopulaire… Pourtant, c'est sans doute la solution la plus efficace aujourd'hui si l'on souhaite garder la maîtrise de la dette. Une note du Conseil d'analyse économique (CAE), écrite par Adrien Auclert (université de Stanford), Thomas Philippon (université de New York) et Xavier Ragot (OFCE) préconisait ainsi à l'été 2024 d'économiser 112 milliards d'euros sur une période de sept à douze ans en jouant sur ces deux leviers.

L'augmentation des impôts peut être un levier puissant pour augmenter rapidement les recettes. Mais cela peut aussi avoir des effets négatifs sur l'économie. De plus, les hausses d'impôts sont souvent mal acceptées par les citoyens, surtout dans un pays où la pression fiscale est déjà élevée. Et quel impôt choisir ? « Les critères d'un bon impôt sont l'équité, l'efficacité et l'efficience de la procédure », plaide Jean-Marie Monnier, professeur émérite à Paris-I et spécialiste de la fiscalité. La taxation des plus riches est une piste souvent évoquée, notamment par les économistes de gauche, car juste socialement. Mais celle-ci risque de décourager l'investissement et de pousser les contribuables les plus fortunés à l'exil fiscal, répond-on à droite. Pour que cette taxation soit réellement efficace en économie ouverte, il faudrait sans doute qu'elle soit mise en place au niveau européen, voire mondial. Vaste programme. Autre cible parfois évoquée : les entreprises. Mais une fiscalité trop lourde pourrait nuire à leur compétitivité, notamment dans un contexte de concurrence internationale. La droite préfère souvent viser la TVA, dont le taux n'est pas particulièrement élevé en France. Mais c'est un impôt régressif, qui pèse davantage sur les ménages modestes… Une bonne option serait déjà de s'attaquer aux 80 milliards d'euros de niches fiscales. Il y aurait certes des mécontents, mais cette solution a l'avantage de nous faire récupérer de l'argent tout en rendant plus lisible notre gruyère fiscal.

Côté dépenses publiques, il y a *a priori* du grain à moudre, vu le niveau de celles-ci (57 % du PIB). Réduire ces dépenses est donc une piste logique pour maîtriser la dette, mais c'est aussi un exercice périlleux. Il y a certes une chasse aux gaspillages et aux comités Théodule à faire, ce qui est plutôt populaire… mais ne rapporte pas beaucoup. Cela permettrait à l'État de montrer l'exemple s'il veut chercher des économies dans les services publics et la protection sociale, ce qui est beaucoup plus impopulaires.

Ces deux leviers sont efficaces, mais à manœuvrer avec délicatesse : trop d'austérité peut peser sur l'activité, et donc baisser les recettes et augmenter les dépenses ! C'est pour cela que les économistes conseillent de les utiliser lorsque la conjoncture se porte bien et que la politique monétaire est encore plutôt accommodante, afin de limiter l'impact négatif de l'ajustement. Dans le contexte politique fragmenté français, les baisses de dépenses et les hausses d'impôts devront faire l'objet d'un consensus large pour être acceptées. Il faudra sans doute que chaque camp politique fasse des concessions pour arriver à un compromis raisonnable…

À cet égard, nous souhaiterions prendre une position personnelle dans les dernières lignes de cet ouvrage, en sensibilisant le lecteur sur deux sujets qui nous semblent fondamentaux, et pourtant impopulaires : les retraites et la taxation des héritages. D'une part, une réforme des retraites demeure nécessaire pour adapter notre protection sociale à l'évolution démographique. Il faudra sans doute travailler plus longtemps si l'on veut conserver un système généreux, sans en demander trop aux actifs. C'est une question de justice intergénérationnelle. D'autre part, une taxation accrue des héritages, en particulier les plus élevés, pourrait générer des recettes tout en favorisant une plus grande justice sociale. Cette idée est détestée des Français, et pourtant elle fait la quasi-unanimité chez les économistes, en réunissant keynésiens partisans de la redistribution et libéraux qui dénoncent la rente. Elle ne permet pas à elle seule de régler la question du trou dans nos finances publiques. Mais sa portée symbolique n'est pas négligeable dans un pays où ne cessera jamais de souffler une brise égalitariste.

Conclusion

La dette publique n'est ni intrinsèquement bonne ni fondamentalement mauvaise. Tout dépend du contexte et de son utilisation. Elle peut être un levier puissant pour répondre aux défis du XXIe siècle. Bien utilisée, elle peut ainsi devenir un moteur pour l'économie. Mais une dette mal maîtrisée peut engendrer des crises, limiter la capacité d'un État à investir dans l'avenir et peser sur les générations futures. Les exemples historiques de surendettement rappellent les risques d'un excès de confiance dans la capacité des États à emprunter sans limite.

Malheureusement pour l'Hexagone, les errements budgétaires de ces cinquante dernières années nous ont peu à peu conduits sur une pente glissante. L'anesthésie des taux bas et des politiques accommodantes nous avait fait oublier les risques. La normalisation de la politique monétaire les fait ressurgir.

La France n'est sans doute pas inéluctablement condamnée, gardons-nous de tout catastrophisme. Mais elle n'est pas non plus à l'abri d'une tempête.

Il suffirait d'un battement d'ailes de papillon pour que le mécanisme infernal se mette en place. Nos soubresauts politiques et les dérapages de ces dernières années ont inquiété les marchés. Mais il est toujours possible de changer la donne et d'offrir une autre image.

Le monde va devoir « vivre avec une dette publique élevée », selon les économistes Serkan Arslanalp et Barry Eichengreen[1], à cause des forces structurelles à l'œuvre. Mais cela ne veut pas dire rester les bras croisés et penser que la dette est la solution magique pour tout financer. Il est sans doute urgent que nos responsables politiques, gouvernement et oppositions, changent de logiciel et réussissent à trouver un chemin de crête entre le financement des besoins fondamentaux et la préservation de la soutenabilité à long terme.

Ce n'est pas de la dette publique dont il faut avoir peur. Elle n'est qu'un objet économique au service des États. Ce qu'il faut craindre, c'est plutôt l'irresponsabilité, l'aveuglement et l'inaction.

1. Discours lors du symposium de Jackson Hole en 2023.

ANNEXES

Évolution de la dette

Dette des administrations publiques au sens
de Maastricht par sous-secteur, en milliards d'euros[1]

Source : Insee, comptes nationaux - base 2020.

1. Dette au 31 décembre de chaque année au sens du règlement n° 3605 de la Commission européenne.
Lecture : en 2024, la dette de l'administration publique centrale est de 2 756,8 milliards d'euros.
Champ : France.

Administrations publiques	1978	1979	1980	1981	1982	1983
Administration publique centrale	47,3	53,3	59,5	73,0	103,1	122,1
- *État*	44,3	49,8	55,1	67,5	95,0	111,5
- *Organismes divers d'administration centrale*	3,0	3,5	4,4	5,5	8,1	10,6
- *Administrations publiques locales*	23,7	27,4	30,8	35,7	42,4	49,0
- *Administrations de sécurité sociale*	3,5	4,4	5,0	5,6	6,3	7,2
Ensemble	74,5	85,1	95,3	114,3	151,8	178,3

Administrations publiques	1984	1985	1986	1987	1988	1989
Administration publique centrale	145,8	165,4	186,9	210,3	228,7	257,9
- *État*	133,7	151,9	170,8	192,4	212,7	239,6
- *Organismes divers d'administration centrale*	12,1	13,5	16,1	17,9	16,0	18,3
- *Administrations publiques locales*	55,8	63,7	68,6	78,1	81,6	85,1
- *Administrations de sécurité sociale*	9,6	9,7	6,1	6,6	7,9	8,3
Ensemble	211,2	238,8	261,7	295,0	318,2	351,3

Administrations publiques	1990	1991	1992	1993	1994	1995
Administration publique centrale	285,7	303,0	350,0	415,6	475,2	556,7
- *État*	264,6	279,0	322,5	382,2	438,6	488,6
- *Organismes divers d'administration centrale*	21,1	24,0	27,5	33,4	36,6	68,1
- *Administrations publiques locales*	90,0	95,1	99,6	104,4	108,4	111,0
- *Administrations de sécurité sociale*	8,4	10,9	18,1	26,5	21,4	34,0
Ensemble	384,1	409,0	467,7	546,5	605,0	701,6

Administrations publiques	1996	1997	1998	1999	2000	2001
Administration publique centrale	601,2	637,5	682,7	706,5	728,7	756,7
- *État*	533,1	568,9	613,6	638,0	660,3	687,9
- *Organismes divers d'administration centrale*	68,2	68,7	69,1	68,6	68,4	68,8
- *Administrations publiques locales*	112,8	105,8	106,2	105,7	105,8	106,1
- *Administrations de sécurité sociale*	41,5	56,1	47,1	44,7	45,6	44,8
Ensemble	755,6	799,4	836,1	856,9	880,0	907,7

Administrations publiques	2002	2003	2004	2005	2006	2007
Administration publique centrale	814,7	887,7	926,3	971,4	964,5	1010,6
- *État*	748,3	812,6	853,5	901,0	900,4	938,6
- *Organismes divers d'administration centrale*	66,4	75,2	72,8	70,4	64,1	72,1
- *Administrations publiques locales*	105,2	109,0	112,7	119,2	126,9	137,0
- *Administrations de sécurité sociale*	47,0	63,7	95,4	110,9	115,9	121,3
Ensemble	966,8	1060,4	1134,3	1201,5	1207,3	1268,9

Administrations publiques	2008	2009	2010	2011	2012	2013 (r[2])
Administration publique centrale	1120,7	1318,5	1383,9	1456,5	1528,7	1610,7
- *État*	1046,8	1175,0	1252,9	1345,4	1447,2	1528,1
- *Organismes divers d'administration centrale*	73,9	143,5	130,9	111,1	81,5	82,6
- *Administrations publiques locales*	147,8	156,7	162,8	168,4	175,6	182,0
- *Administrations de sécurité sociale*	120,9	152,0	175,6	205,2	211,5	212,2

2. r: données révisées.

Ensemble	1389,4	1 627,2	1 722,2	1 830,1	1915,8	2 004,9

Administrations publiques	2014 (r)	2015 (r)	2016 (r)	2017 (r)	2018 (r)	2019 (r)
Administration publique centrale	1 666,6	1 718,7	1 766,6	1 837,3	1911,7	1984,8
- *État*	1 604,6	1 655,4	1 706,1	1 768,0	1841,8	1910,9
- *Organismes divers d'administration centrale*	62,0	63,3	60,5	69,3	69,9	73,9
- *Administrations publiques locales*	187,3	195,2	198,5	199,6	204,0	208,3
- *Administrations de sécurité sociale*	217,2	220,8	225,5	226,4	205,0	194,4
Ensemble	2 071,1	2134,7	2 190,6	2 263,3	2320,7	2387,5

Administrations publiques	2020 (r)	2021 (r)	2022 (r)	2023 (r)	2024
Administration publique centrale	2 162,9	2 310,4	2 440,8	2 589,5	2 756,8
- *État*	2 089,0	2 234,0	2 366,5	2 516,5	2 687,0
- *Organismes divers d'administration centrale*	73,9	76,4	74,3	73,0	69,8
- *Administrations publiques locales*	227,5	242,9	242,9	248,1	261,9
- *Administrations de sécurité sociale*	273,3	275,5	272,0	264,9	286,6
Ensemble	2 663,7	2 828,8	2 955,6	3 102,6	3 305,3

Évolution du déficit

Déficit des administrations publiques
au sens de Maastricht

Source : Comptes nationaux -
Base 2020, Insee

	2005	2006	2007	2008	2009
En milliards d'euros					
Ensemble des administrations publiques	-61,8	-49,1	-57,9	-69,7	-142,8
Administration publique centrale	-48,9	-46,1	-51,9	-71,5	-119,2
- *État*	-53,7	-53,7	-45,8	-69,4	-119,0
- *Organismes divers d'administration centrale*	4,8	7,6	-6,1	-2,1	-0,2
- *Administrations publiques locales*	-3,6	-4,1	-8,3	-10,1	-6,5
- *Administrations de sécurité sociale*	-9,3	1,1	2,2	12,0	-17,1
En % du produit intérieur brut					
Ensemble des administrations publiques	-3,5	-2,7	-3,0	-3,5	-7,4
Administration publique centrale	-2,8	-2,5	-2,7	-3,6	-6,2
- *État*	-3,0	-2,9	-2,4	-3,5	-6,1
- *Organismes divers d'administration centrale*	0,3	0,4	-0,3	-0,1	0,0
- *Administrations publiques locales*	-0,2	-0,2	-0,4	-0,5	-0,3
- *Administrations de sécurité sociale*	-0,5	0,1	0,1	0,6	-0,9

	2010	2011	2012	2013	2014
En milliards d'euros					
Ensemble des administrations publiques	-142,8	-109,4	-108,0	-104,7	-98,5
Administration publique centrale	-114,8	-93,2	-88,7	-85,6	-83,7
- *État*	-127,0	-92,6	-85,7	-84,4	-83,8
- *Organismes divers d'administration centrale*	12,2	-0,7	-3,0	-1,2	0,1
- *Administrations publiques locales*	-2,1	-1,5	-4,7	-8,3	-5,7
- *Administrations de sécurité sociale*	-25,8	-14,7	-14,5	-10,8	-9,1
En % du produit intérieur brut					
Ensemble des administrations publiques	-7,2	-5,3	-5,2	-4,9	-4,6
Administration publique centrale	-5,8	-4,5	-4,2	-4,0	-3,9
- *État*	-6,4	-4,5	-4,1	-4,0	-3,9
- *Organismes divers d'administration centrale*	0,6	0,0	-0,1	-0,1	0,0
- *Administrations publiques locales*	-0,1	-0,1	-0,2	-0,4	-0,3
- *Administrations de sécurité sociale*	-1,3	-0,7	-0,7	-0,5	-0,4

	2015	2016	2017	2018	2019
En milliards d'euros					
Ensemble des administrations publiques	-85,7	-84,0	-77,1	-54,6	-58,2
Administration publique centrale	-79,6	-81,9	-81,9	-65,6	-67,8
- *État*	-74,8	-77,2	-78,2	-62,8	-65,9
- *Organismes divers d'administration centrale*	-4,8	-4,7	-3,6	-2,8	-1,9
- *Administrations publiques locales*	-0,4	2,3	1,4	1,8	-2,5
- *Administrations de sécurité sociale*	-5,7	-4,4	3,4	9,2	12,1
En % du produit intérieur brut					
Ensemble des administrations publiques	-3,9	-3,8	-3,4	-2,3	-2,4
Administration publique centrale	-3,6	-3,7	-3,6	-2,8	-2,8
- *État*	-3,4	-3,5	-3,4	-2,7	-2,7
- *Organismes divers d'administration centrale*	-0,2	-0,2	-0,2	-0,1	-0,1
- *Administrations publiques locales*	0,0	0,1	0,1	0,1	-0,1
- *Administrations de sécurité sociale*	-0,3	-0,2	0,1	0,4	0,5

	2020	2021	2022	2023	2024
En milliards d'euros					
Ensemble des administrations publiques	-207,1	-165,1	-125,9	-151,7	-169,6
Administration publique centrale	-154,9	-144,5	-133,2	-153,7	-154,1
- *État*	-177,0	-144,1	-148,1	-151,9	-152,3
- *Organismes divers d'administration centrale*	22,1	-0,5	14,9	-1,8	-1,8
- *Administrations publiques locales*	-3,9	-0,9	-1,1	-9,5	-16,7
- *Administrations de sécurité sociale*	-48,3	-19,7	8,5	11,5	1,3
En % du produit intérieur brut					
Ensemble des administrations publiques	-8,9	-6,6	-4,7	-5,4	-5,8
Administration publique centrale	-6,7	-5,8	-5,0	-5,4	-5,3
- *État*	-7,6	-5,7	-5,6	-5,4	-5,2
- *Organismes divers d'administration centrale*	1,0	0,0	0,6	-0,1	-0,1
- *Administrations publiques locales*	-0,2	0,0	0,0	-0,3	-0,6
- *Administrations de sécurité sociale*	-2,1	-0,8	0,3	0,4	0,0

Évolution des dépenses publiques et des prélèvements obligatoires

Dépenses et recettes
des Administrations publiques
par sous-secteur

Source : Insee

	1978	1985	1995	2000	2001	2002
	En milliards d'euros					
État						
- Dépenses	75,7	189,1	292,6	331,2	345,9	367,5
- Recettes	74,2	170,3	248,3	299,4	313,5	310,8
ODAC						
- Dépenses	16,8	43,8	60,6	61,7	67,4	70,0
- Recettes	16,9	45,0	55,6	61,8	66,9	72,2
Administrations publiques locales						
- Dépenses	28,0	65,9	119,6	141,9	145,3	154,7
- Recettes	23,6	60,1	115,7	143,0	146,1	156,1
Administrations de sécurité sociale						
- Dépenses	65,7	163,3	284,2	331,7	348,5	367,8
- Recettes	65,3	164,2	275,4	343,1	358,8	370,8
Ensemble						
- Dépenses	161,5	406,1	680,4	775,3	808,2	851,1
- Recettes	155,2	383,6	618,3	756,0	786,5	801,0
	En % du produit intérieur brut					
État						
- Dépenses	46,8	54,2	56,1	52,6	52,8	53,9
- Recettes	21,5	22,7	20,5	20,3	20,5	19,7
ODAC						
- Dépenses	4,9	5,8	5,0	4,2	4,4	4,4
- Recettes	4,9	6,0	4,6	4,2	4,4	4,6

Administrations publiques locales						
- Dépenses	8,1	8,8	9,9	9,6	9,5	9,8
- Recettes	6,8	8,0	9,5	9,7	9,5	9,9
Administrations de sécurité sociale						
- Dépenses	19,0	21,8	23,4	22,5	22,8	23,3
- Recettes	18,9	21,9	22,7	23,3	23,4	23,5
Ensemble						
- Dépenses	46,8	54,2	56,1	52,6	52,8	53,9
- Recettes	45,0	51,2	50,9	51,3	51,4	50,7

	2003	2004	2005	2006	2007	2008
	En milliards d'euros					
État						
- Dépenses	369,1	391,3	403,1	401,3	406,5	427,7
- Recettes	307,6	338,0	349,4	347,6	360,7	358,2
ODAC						
- Dépenses	71,8	70,6	75,5	76,9	85,9	83,1
- Recettes	71,4	78,0	80,2	84,5	79,8	81,0
Administrations publiques locales						
- Dépenses	163,6	178,0	186,6	197,5	211,9	221,7
- Recettes	163,8	175,0	183,1	193,4	203,6	211,6
Administrations de sécurité sociale						
- Dépenses	387,3	407,1	427,7	441,3	463,7	476,8
- Recettes	382,7	395,6	418,4	442,4	466,0	488,8

Ensemble						
- Dépenses	881,8	915,9	956,1	992,2	1 039,3	1080,2
- Recettes	815,5	855,6	894,3	943,2	981,4	1010,5
	En % du produit intérieur brut					
État						
- Dépenses	54,4	54,0	54,3	53,8	53,6	54,3
- Recettes	19,0	19,9	19,8	18,8	18,6	18,0
ODAC						
- Dépenses	4,4	4,2	4,3	4,2	4,4	4,2
- Recettes	4,4	4,6	4,6	4,6	4,1	4,1
Administrations publiques locales						
- Dépenses	10,1	10,5	10,6	10,7	10,9	11,1
- Recettes	10,1	10,3	10,4	10,5	10,5	10,6
Administrations de sécurité sociale						
- Dépenses	23,9	24,0	24,3	23,9	23,9	24,0
- Recettes	23,6	23,3	23,7	24,0	24,0	24,6
Ensemble						
- Dépenses	54,4	54,0	54,3	53,8	53,6	54,3
- Recettes	50,3	50,4	50,8	51,1	50,6	50,8

	2009	2010	2011	2012	2013	2014
	En milliards d'euros					
État						
- Dépenses	439,4	491,1	452,8	460,8	477,2	481,6
- Recettes	320,4	364,1	360,2	375,1	392,8	397,8

ODAC						
- Dépenses	90,2	98,6	99,1	99,6	104,5	107,2
- Recettes	90,0	110,7	98,5	96,5	103,3	107,3
Administrations publiques locales						
- Dépenses	229,2	229,1	234,0	241,6	249,6	249,9
- Recettes	222,7	227,0	232,5	236,9	241,3	244,2
Administrations de sécurité sociale						
- Dépenses	498,6	517,3	533,9	551,4	563,7	575,9
- Recettes	481,5	491,5	519,2	536,9	552,9	566,7
Ensemble						
- Dépenses	1 122,6	1 152,0	1 175,7	1 209,0	1 242,4	1 257,6
- Recettes	979,8	1 009,2	1 066,3	1 101,0	1 137,6	1 159,1
	En % du produit intérieur brut					
État						
- Dépenses	58,0	57,7	57,0	57,9	58,6	58,4
- Recettes	16,6	18,2	17,5	18,0	18,5	18,5
ODAC						
- Dépenses	4,7	4,9	4,8	4,8	4,9	5,0
- Recettes	4,6	5,5	4,8	4,6	4,9	5,0
Administrations publiques locales						
- Dépenses	11,8	11,5	11,3	11,6	11,8	11,6
- Recettes	11,5	11,4	11,3	11,3	11,4	11,3
Administrations de sécurité sociale						
- Dépenses	25,8	25,9	25,9	26,4	26,6	26,7
- Recettes	24,9	24,6	25,2	25,7	26,1	26,3

Ensemble						
- Dépenses	58,0	57,7	57,0	57,9	58,6	58,4
- Recettes	50,6	50,6	51,7	52,7	53,7	53,8

	2015	2016	2017	2018	2019
	En milliards d'euros				
État					
- Dépenses	476,8	483,8	505,5	494,6	483,8
- Recettes	402,0	406,7	427,2	431,8	418,0
ODAC					
- Dépenses	108,1	100,6	103,7	102,1	112,3
- Recettes	103,3	95,9	100,1	99,3	110,4
Administrations publiques locales					
- Dépenses	246,2	245,3	250,8	256,0	268,7
- Recettes	245,7	247,6	252,2	257,8	266,1
Administrations de sécurité sociale					
- Dépenses	578,1	586,0	598,1	610,3	623,5
- Recettes	572,5	581,6	601,5	619,5	635,6
Ensemble					
- Dépenses	1 268,0	1 280,6	1 321,4	1 327,6	1 346,2
- Recettes	1 182,3	1 196,6	1 244,4	1 273,0	1 287,9
	En % du produit intérieur brut				
État					
- Dépenses	57,6	57,4	57,7	56,4	55,3
- Recettes	18,3	18,2	18,6	18,3	17,2

ODAC					
- Dépenses	4,9	4,5	4,5	4,3	4,6
- Recettes	4,7	4,3	4,4	4,2	4,5
Administrations publiques locales					
- Dépenses	11,2	11,0	10,9	10,9	11,0
- Recettes	11,2	11,1	11,0	10,9	10,9
Administrations de sécurité sociale					
- Dépenses	26,3	26,3	26,1	25,9	25,6
- Recettes	26,0	26,1	26,2	26,3	26,1
Ensemble					
- Dépenses	57,6	57,4	57,7	56,4	55,3
- Recettes	53,7	53,6	54,3	54,0	53,0

	2020	2021	2022	2023	2024
	En milliards d'euros				
État					
- Dépenses	562,8	567,7	608,7	597,0	600,5
- Recettes	385,8	423,7	460,6	445,1	448,2
ODAC					
- Dépenses	119,5	130,0	133,4	138,7	139,1
- Recettes	141,6	129,5	148,3	136,9	137,3
Administrations publiques locales					
- Dépenses	266,3	279,5	295,0	315,7	329,7
- Recettes	262,4	278,6	293,8	306,2	312,9

Administrations de sécurité sociale					
- Dépenses	661,8	685,9	706,7	736,5	776,8
- Recettes	613,5	666,2	715,2	748,0	778,1
Ensemble					
- Dépenses	1 430,4	1 491,4	1550,3	1607,4	1 670,2
- Recettes	1 223,3	1 326,2	1424,4	1455,7	1 500,6
	En % du produit intérieur brut				
État					
- Dépenses	61,7	59,5	58,4	56,9	57,1
- Recettes	16,6	16,9	17,4	15,7	15,3
ODAC					
- Dépenses	5,2	5,2	5,0	4,9	4,8
- Recettes	6,1	5,2	5,6	4,8	4,7
Administrations publiques locales					
- Dépenses	11,5	11,1	11,1	11,2	11,3
- Recettes	11,3	11,1	11,1	10,8	10,7
Administrations de sécurité sociale					
- Dépenses	28,5	27,3	26,6	26,1	26,6
- Recettes	26,5	26,6	26,9	26,5	26,6
Ensemble					
- Dépenses	61,7	59,5	58,4	56,9	57,1
- Recettes	52,8	52,9	53,7	51,5	51,3

Comparaison européenne de l'endettement

Dette brute des administrations publiques

Source : Eurostat

	% du PIB
	2023Q4
Zone euro	88,2
UE	81,6
Belgique	87.4
Bulgarie	81.0
Tchéquie	104.7
Danemark	24.1
Allemagne	43.6
Estonie	31.1
Irlande	62.5
Grèce	23.6
Espagne	40.9
France	153.6
Croatie	101.8
Italie	113.0
Chypre	65.0
Lettonie	46.8
Lituanie	38.2
Luxembourg	26.3
Hongrie	73.5
Malte	47.4
Pays-Bas	43.3
Autriche	81.8
Pologne	55.3

Portugal	94.9
Roumanie	54.8
Slovénie	67.0
Slovaquie	59.3
Finlande	82.1
Suède	33.5
Norvège	55.1

Bibliographie

Jean ANDREAU *et al.*, *La dette publique dans l'histoire*, Institut de la gestion publique et du développement économique, Comité pour l'histoire économique et financière de la France, 2006.

François BAROIN, *Journal de crise*, J.-C. Lattès, 2012.

Jean-Pierre BIASUTTI, Laurent BRAQUET, *Comprendre la dette publique*, Bréal, [3]2020.

Bertrand BLANCHETON, *La dette publique, ses mécanismes, ses enjeux, ses controverses*, Dunod, 2022.

Anton BRENDER, Florence PISANI, Émile GAGNA, *Économie de la dette*, La Découverte, 2021.

« La dette, jusqu'où ? », *Cahiers français* n° 442, La Documentation française, 2024.

Nicolas DUFRÊNE, *La dette au XXIe siècle. Comment s'en libérer*, Odile Jacob, 2023.

François ECALLE, *Mécomptes publics. Conception et contrôle publics depuis 1980*, Odile Jacob, 2025.

LES ÉCONOMISTES ATTERRÉS, *La dette publique, précis d'économie citoyenne*, Points, [2]2024.

Norbert Gaillard, *Les agences de notation*, La Découverte, 2022.

David Graeber, *Dette, 5 000 ans d'histoire*, Les Liens qui libèrent, 2013.

Benjamin Lemoine, *L'ordre de la dette. Enquête sur les infortunes de l'État et la prospérité du marché*, La Découverte, 2022.

Michel Lutfalla (dir), *Une histoire de la dette publique en France*, Classiques Garnier, « Bibliothèque de l'économiste » 12, 2017.

Jean-Marie Monnier, *Parlons dette en 30 questions*, La Documentation française, 2023.

Laure Quennouëlle-Corre, *Le déni de la dette. Une histoire française (1914-2022),* Flammarion, 2024.

Carmen Reinhart, Kenneth Rogoff, *Cette fois, c'est différent. Huit siècles de folie financière*, Pearson, 2010.

Charles Serfaty, *Histoire économique de la France. De la Gaule à nos jours*, Passés Composés, 2024.

Sites :

https://www.institutavantgarde.fr/

https://fipeco.fr/

Table